Après l'orage

Dominique Lagrou-Sempere

Après l'orage

Flammarion

87, quai Panhard-et-Levassor
75647 Paris Cedex 13

ISBN : 978-2-0802-6063-5

À Mathilda et Esteban, soleils de ma vie,
À mes parents,
À toi JF.

« Une fois la tempête passée, tu te demanderas comment tu as fait pour la traverser, comment tu as fait pour survivre. Tu ne seras pas très sûr, en fait, qu'elle soit vraiment achevée. Mais sois certain d'une chose : une fois que tu auras essuyé cette tempête, tu ne seras plus le même. »

Haruki MURAKAMI,
Kafka sur le rivage, 2002.

« *There is a crack, a crack in everything.*
That's how the light gets in[1]. »

Leonard COHEN, *Anthem*, 2008.

« Au milieu de l'hiver, j'apprenais enfin qu'il y avait en moi un été invincible. »

Albert CAMUS, « Retour à Tipasa »,
L'Été, 1952.

1. « Il y a une fissure en toute chose. C'est ainsi qu'entre la lumière. »

Préface

Le cauchemar de la mort et, après l'orage, l'amour de la vie. C'est une formidable leçon que Dominique Lagrou-Sempere nous livre dans ces lignes bouleversantes qui vous marqueront à tout jamais. Elle a vécu et raconte avec une lucidité hors du commun la maladie et le départ de l'homme qu'elle a aimé de toutes ses forces.

Travaillant à ses côtés tous les jours pendant ces mois si épouvantables, je peux témoigner qu'elle n'a jamais rien laissé transparaître de ce qu'elle vivait dès qu'elle quittait son bureau de TF1. Jamais une larme, jamais une colère. Que de la passion dans son regard et dans sa manière d'être. La passion et l'amour pour ses enfants, pour Claude, et avec moi pour son métier de journaliste qu'elle exerce avec un tel brio. Pour elle, chaque jour qui passait face à la maladie était une victoire. Elle aime tellement la vie! Jamais pourtant elle n'a perdu de vue que la mort était au bout de l'histoire. Mais elle l'a préparée, elle l'a regardée en face pour elle et pour ses enfants.

Je sais, pour l'avoir vécu avec ma femme qui m'a raconté son combat contre une leucémie foudroyante il y a quelques années, qu'il n'y a sans doute rien de plus difficile que de regarder le cancer en face. Dominique l'a fait avec Claude. Leur complicité, jusqu'au bout, transparaît dans ces pages magnifiques. Elle se livre sans pudeur et avec un courage immense. Pour chacun de nous, c'est une extraordinaire leçon de vie.

JEAN-PIERRE PERNAUT

Ces quelques mots

Fallait-il vivre tout ça pour savoir ?

Fallait-il souffrir autant pour survivre, puis vivre encore ?

Dire, se dire, te dire, nous dire tous ces mots qu'on ne s'est pas assez dits…

Je regarde couler une larme, sur le haut de ta joue glacée, dans cette chambre d'hôpital. Je l'essuie doucement. Les médecins m'ont expliqué que c'était normal, les yeux qui se vident quand on vient de mourir. Je préfère penser que c'est toi qui pleures une dernière fois. Toi encore humain, toi encore vivant. C'est plus joli, non ?

Je reçois ton dernier cadeau, ton au revoir, doux, intime, pudique, à la vie que tu aimes tellement.

Tu me manques, Claude.

Tu nous manques… à Mathilda, à Esteban, à moi.

Nos novembres.

Nos automnes.

Une année sans toi.

La première d'une longue liste.
Le début du reste de nos vies.
Chaque hiver.
Tous les printemps.
Puis un nouvel été.
Sans toi. Avec toi.

Alors j'ai décidé de coucher sur le papier nos instants, nos jours, nos nuits, ces deux années et demie de cancer, le ciel qui s'assombrit, les nuages, la tempête qui se lève, regonflée par des bourrasques qui giflent, lacèrent, claquent et brûlent la peau jusqu'à assécher la plus infime parcelle d'espoir.

Écrire pour fixer, graver, ne pas oublier l'orage qui gronde, puis l'éclaircie…

Écrire, avec les mots d'Aznavour en chanson, dans un coin de la tête, pour :

Faire hurler, sans pudeur, tous ces espaces nus […]
Écrire ta peur de sueur, d'angoisse […]
Qui s'estompe parfois, mais qui refait bientôt surface […]
Donner aux sujets morts comme un semblant de vie […]
Écrire comme on parle et on crie
Il nous restera ça.

Oui, il nous restera ça, la vie après l'orage… et le soleil qui pointe derrière les nuages.

Le fil d'Ariane

Mon téléphone sonne. C'est Philippe. Je suis dans la voiture. Je viens de me garer devant la maison. Il y a quelques semaines encore, je le vouvoyais, Philippe. Je l'appelais « monsieur Ménasché ». On se connaissait à peine lui et moi. J'étais ton épouse, la mère de nos deux enfants. Lui, il était ton chirurgien cardiaque. Tu ne sauras jamais que depuis toi, nous nous tutoyons. Il est resté là, à nos côtés, comme une empreinte de ta vie. Depuis que tu as été admis en réanimation ce matin-là, Philippe est mon phare dans la tempête. Il est le premier médecin de ta planète cancer que j'accepte dans mon monde à moi. Le seul que je n'ai pas rejeté d'emblée. Les autres, je ne voulais pas qu'ils m'approchent. Je ne les voulais pas dans nos vies. Dehors ! Ton cancer allait bien finir par se soigner. Certains la foudroient, cette saloperie. D'ailleurs, toi, tu t'en étais sorti quand tu avais vingt ans. C'était dans les années 1980. À l'époque, les traitements avaient totalement éradiqué les tumeurs.

Tu étais considéré comme guéri. Alors pourquoi pas cette fois ? Et puis à quatre, on est encore plus forts. Ce sera douloureux, bien sûr, mais on y arrivera.

Nous le désirions de toutes nos forces.

La voix de Philippe au téléphone est douce et réconfortante : « Dominique, Claude vient d'être extubé. Les médecins sont encourageants. Il a ouvert les yeux. Il va mieux. Je voulais que tu le saches. Que tu retrouves le sourire. À tout à l'heure. Je t'embrasse. »

Philippe est professeur de médecine, éminent chirurgien cardiaque à l'hôpital Georges-Pompidou à Paris. Il est exceptionnel d'humanité, d'humilité. Un médecin du cœur, ça ne s'invente pas. Le professeur Ménasché était là, comme un second père, à tes côtés. Il a été là pour moi dans ces couloirs glacés d'hôpital. Il m'a serrée fort quand je chancelais. Nos étreintes silencieuses m'ont gardée en vie.

Tu avais connu Philippe quelques années plus tôt. Il avait sauvé la vie de ton père Jacques. Jacques aussi avait été médecin pendant plus de quarante ans à la campagne, en Bourgogne, dans le petit village de Verrey-sous-Salmaise, là où tu as grandi. Une opération à cœur ouvert à l'hôpital Georges-Pompidou, une valve à changer et quelques années inestimables de vie supplémentaires pour le grand-père de nos enfants. Philippe et toi, et ce fil d'Ariane.

Je viens de raccrocher et j'arrive à l'hôpital, très vite. Je sonne à l'Interphone de l'unité de réanimation : « Bonjour. Dominique Sempere. Je viens voir mon mari, Claude Sempere. » Je respire profondément, intensément. Une voix féminine m'autorise à entrer. Je passe la porte coulissante. Je tourne à droite. Je connais le chemin par cœur, les odeurs de médicaments, la couleur des murs, l'emplacement des distributeurs de gel hydroalcoolique. Tout cela m'est devenu familier. Matin, midi et soir, la maladie en baluchon depuis deux ans et demi. Mon quotidien de femme de malade. Toi, tu la portes dans ton corps, tapie dans l'ombre, pour exploser un beau matin et tout foutre en l'air.

À gauche, à l'angle, il y a un autre couloir vers toi. Je t'aperçois tout au fond. Tu es là. Tu es vivant. Ta chambre donne sur le bureau du secrétariat. J'aime l'idée que tu ne sois jamais seul, qu'on entende très vite les alarmes des machines s'enclencher autour de toi quand ta tension s'emballe, quand les battements de ton cœur ralentissent. Ton corps immobile sur le lit inclinable se précise au fur et à mesure que je m'approche de toi. Tu me souris. Un sourire doux, intime, bouleversant. Tu as le visage d'un enfant qui espère rester en vie, qui se sait encore vivant. Tu es conscient. Tu me reconnais. Je suis soulagée, un peu. Je te souris moi aussi. Je n'entends pas ta voix, si belle, si grave, si chaude et qui me manque. Je ne l'entendrai plus jamais, mais je ne le sais pas encore. L'intubation a abîmé tes cordes vocales. Tu te relèves doucement, une main sur le matelas, la tête posée sur l'oreiller derrière ton dos. Assis, tu déplies délicatement tes jambes devenues si frêles. En quelques jours, ton corps s'est transformé, amaigri. Tes muscles fondent. Mais ton visage n'est pas livide. Il est joliment hâlé. Tu garderas ce teint délicatement insolent jusqu'à ta mort. Ton ultime injure face au cancer.

Je m'approche de toi. Tu murmures dans un souffle. Je t'embrasse. Tes lèvres remuent. Je déchiffre ton souffle : « Je vais mieux, Do... » Oui mon amour, tu sembles aller mieux. Ton visage s'anime de nouveau. Tu vas vivre. On va retrouver notre vie. Comme avant, presque comme avant... plus jamais comme avant.

« Pourquoi je suis là, Do ? » Tu me poses la question. Tu as oublié. Tu ne te souviens plus très bien des jours qui ont précédé. Tu veux rentrer à la maison tout de suite. Tu veux retrouver Mathilda et Esteban, notre chat Max et les roses dans le jardin. On y croit. On y a cru. On a tant voulu y croire. Mais le retour de cette respiration haletante te fait à nouveau tousser. Ta poitrine peine à inspirer, à expirer. Elle s'étouffe de l'intérieur. Les courbes sur le moniteur s'affolent et les alarmes se déclenchent. Les infirmières accourent. J'assiste, impuissante, à ta souffrance. Tu seras intubé de nouveau avant la nuit.

Nous nous sommes aimés

Au soleil couchant. Un jour de juillet. Sur un pont de Paris et une phrase... nos mots échangés ce soir-là...

Le lendemain, tu m'invites à déjeuner. Été 1998. Tu portes des lunettes de soleil, une chemise blanche, tu es beau et ta voix est chaude, profonde, assurée, joyeuse. Je devais repartir étudier au Canada quelques jours plus tard. Tu avais trente-quatre ans. J'en avais vingt-quatre. Tu m'as dit : « Vous ne retournerez jamais là-bas. » Tu avais raison. Je ne suis jamais repartie et on ne s'est plus jamais quittés. Après, on s'est très vite tutoyés, nos corps aussi. Tu ne m'as rien caché de ton passé. Il faut dire que la maladie ne t'avait pas loupé. Lymphome de Hodgkin à vingt ans quand tu préparais ton diplôme de sciences politiques. Puis un autre cancer, cinq ans plus tard, un mésothéliome particulièrement agressif. Tu n'aurais jamais dû lui survivre, à celui-là. Les médecins t'avaient donné six mois. Mais tu as guéri et tu auras vécu trente et un ans supplémentaires. Des études, des voyages, un métier, une passion, une carrière exceptionnelle et… une famille, notre famille.

Une vie en sursis.

Nous nous sommes mariés en Bourgogne, à Verrey, dans ton village, un après-midi de juillet 2003, au milieu de champs de blé gorgés de soleil. Nos vies entrelacées. Nos deux enfants. Nos fiertés. Ils ont la même couleur de cheveux que toi. Les yeux bruns. Comme toi. Ils te ressemblent. Ils portent ton nom. Nous avons souffert aussi. Ensemble. L'un avec l'autre. L'un contre l'autre. Notre histoire. Nos bonheurs. Nos peines. Nos nuages. Nos soleils.

Une vie d'amoureux.

Jusqu'à ce jour d'avril 2017. Ce soir-là, tu es essoufflé. Tu pars te coucher tôt. Nous sommes chez mes parents en Normandie pour le week-end. Dans la nuit, tu descends boire un verre d'eau dans la cuisine. Mais dans l'escalier, tu vacilles. Tu manques d'air. Tu réussis à frapper avec ta main sur l'une des marches en bois pour m'alerter, tout doucement car tu ne veux pas réveiller les enfants qui dorment à l'étage. En réalité, tes poumons sont en train de se remplir d'eau et de sang. Tu te noies de l'intérieur. Tu fais un signe calme de la main pour qu'on appelle les secours.

Tu peines à respirer. Tu respires à peine.

Les pompiers arrivent. Ils stabilisent ton souffle avec de l'oxygène. Tout va très vite. Mes parents et moi sommes autour de toi. Nous essayons de te rassurer. Tu ne vas pas mourir.

À partir de cette nuit-là, plus rien ne sera comme avant.

Deux ans et sept mois

Les médecins nous annoncent que seule une opération du cœur peut te sauver. Il y a urgence. Il faut changer une valve abîmée par tes anciens traitements de chimio et de radiothérapie. Tu savais que ça arriverait un jour peut-être. Tu m'avais prévenue. Voilà, on y est. L'opération est programmée. Un cœur tout neuf dans quelques semaines. On en sourit. Il ne manquait plus que ça à ton palmarès médical ! Mais au moins, ça se répare… alors on y va !

La veille de l'opération, nous sommes dans la voiture, à quelques mètres de la maison, confiants, prêts pour l'aventure. Tu reçois un coup de téléphone. Un médecin a découvert des petites taches sur la radio de ton poumon gauche. Il faut faire des analyses. Ces images n'étaient pas là lors de ta dernière consultation. Tu me regardes. Toi, tu sais. Toi, tu comprends. Tout de suite. Tu es anéanti. Les mêmes petites taches qu'il y a trente ans. Moi, je n'ai aucune idée de ce qui nous attend. Je tente de te rassurer. Après tout, on n'a aucune idée du diagnostic encore. Mais non, ce ne peut pas être un cancer !

L'opération du cœur est confirmée. Tes poumons s'épuisent. Une chirurgie à cœur ouvert est indispensable. Quelques mois après ta mort, Philippe m'invitera à assister à une opération comme celle-là. J'avais besoin de voir, j'avais envie de me rendre compte. De la vivre pour toi. De me rapprocher de toi une dernière fois. Quand j'entre dans la salle en blouse blanche, le haut du torse de la patiente est déjà ouvert. Une large entaille centrale dévoile ce cœur à nu. Il vibre à chaque pulsation. C'est superbe, un cœur qui bat. Deux ans et demi plus tôt, tu étais là, toi aussi, allongé au même endroit, la cage thoracique ouverte, le cœur à nu. Les mains agiles de Philippe, une valve à remplacer, des tuyaux, le cœur extrait de sa cavité, une aiguille, des fils pour recoudre les tissus. Quelle prouesse, quelle merveille ! En quelques heures, l'opération est terminée. Le cœur réparé continue de battre de plus belle.

Mais pour toi, ça ne s'arrête pas là. Les médecins doivent effectuer dans la foulée une biopsie de tes poumons.

Après l'opération, je me souviens de ce médecin dans la salle de réveil. Elle est à tes côtés quand je rentre dans la pièce. Je ne comprends pas. Ou trop bien. « Je vous laisse avec votre mari, madame. Je suis psychiatre. » Pourquoi une psychiatre, là, maintenant ?

Je sens l'angoisse m'envahir : « Pourquoi êtes-vous ici ? Vous avez les résultats, c'est ça ? »

Il te reste deux ans et sept mois à vivre, neuf cent soixante-treize jours précisément, mais ni toi ni moi ne le savons encore.

Nous, on espère l'éternité.

C'est grave ?

Claude est allongé dans sa chambre d'hôpital. Une large cicatrice traverse son torse. À vif. Le pneumologue doit passer. Nous l'attendons. Nous le redoutons depuis des jours. Lui sait, lui connaît la sentence. Mais pas nous. Pas encore. Quelques minutes nous séparent de l'orage.

Il frappe à la porte. Il nous salue. Nous le dévisageons à la recherche d'un sourire, dans l'attente d'un espoir. Il prend des nouvelles de Claude. Nous ne comprenons pas pourquoi il tarde à nous donner les résultats. Chaque seconde est une torture. Puis enfin : « L'analyse des cellules dans le poumon gauche ne présente pas de trace de malignité. » Sa phrase claque dans la chambre. Je vois encore Claude serrer son poing gauche en signe de victoire. Ses yeux d'enfant me fixent, bientôt noyés de larmes. Quelques secondes de bonheur. De calme. De répit. Puis cette voix de nouveau : « Mais il existe des cellules malignes du côté droit… » « Mésothéliome ? », Claude articule chaque syllabe. « Oui… », répond le pneumologue.

Le silence qui a suivi dans cette chambre d'hôpital me hante encore. Tu restes figé. Pourquoi cet infime espoir balayé d'un revers de main ? Pourquoi, pourquoi toi, pourquoi nous, là, maintenant ? Je demande au médecin de sortir de la pièce d'un ton autoritaire et laconique. C'est vrai qu'il n'y a aucune bonne manière d'annoncer une mauvaise nouvelle. La sienne est détestable.

Nous appelons Philippe qui travaille quelques étages plus haut dans ce même hôpital. Je le connais alors si peu. Je connais le lien qui l'unit à Claude. Pourtant, je sens déjà combien sa présence me réconfortera dans la tempête qui s'annonce. Philippe arrive immédiatement. Nous sommes effondrés. Je regarde Claude. Mon corps est bien là, dans cette chambre, auprès de lui, mais mon cerveau s'échappe. Que vais-je dire à nos enfants ? Leur papa a un cancer… Je croise le regard de Philippe pour m'y accrocher.

Je hais les couloirs de cet hôpital. Je sens une vague m'envahir. Elle vient des profondeurs de mon corps. Je pose mon front sur l'un des murs de la coursive. Je frappe de mes deux poings, je m'agenouille. Les cris tapent et résonnent à l'intérieur de moi, mais rien ne sort. La maladie s'est immiscée entre nous et commence son lent travail de sape, déterminée à nous détruire comme un rongeur invisible. Elle prend sa place entre

Claude et moi, doucement, insidieusement. Jusqu'à ce que la mort nous sépare.

Les yeux rougis. De douleur. De larmes. D'effroi. De colère. Je quitte l'hôpital. Tu me dis que tu as besoin de rester seul. Nous sommes chacun recroquevillés dans notre douleur. Je dois rentrer à la maison. Il faut que j'aille retrouver nos enfants. Je dois leur donner des nouvelles de leur papa. Ils sont au chaud, bien au calme à l'intérieur, dans notre maison. À ce moment précis, je sais que Mathilda ne sera plus jamais la même petite fille de douze ans, celle que j'ai quittée quelques heures plus tôt. Plus jamais Esteban ne sera ce petit homme de dix ans, en paix. Je les veux de chaque côté de moi, là, tout de suite. Dans mes bras. Serrés. Lovés sur le canapé. « Votre papa a une maladie aux poumons. Il a du mal à respirer. Il va suivre un traitement, lourd et douloureux. » « C'est grave, maman ? » me questionne Esteban. « Oui, c'est grave, mais on va tout faire pour soigner votre papa. » Quelques semaines plus tard, Mathilda, d'un ton calme, déterminé, me demandera si son papa souffre d'un cancer. Tous les deux ont déjà compris.

Mon capitaine

C'est la première fois que je rencontre ton oncologue. « Mon capitaine », c'est ainsi que tu aimes l'appeler. Vous avez tant partagé, elle et toi. Elle a été ta lumière, ton phare dans la tempête quand tu as été malade il y a trente ans. Elle t'avait suivi à l'époque, t'avait accompagné pendant ces longs mois de traitement. Elle était là à tes côtés, témoin de ta souffrance, de ton espoir de survie. C'est elle et toute son équipe qui avaient d'ailleurs réussi à te guérir alors que tu étais condamné.

Je l'ai longtemps détestée, ton capitaine, comme on déteste les porteurs de mauvaises nouvelles, comme on déteste un cancer, comme on déteste la mort. Il fallait bien que je retourne ma douleur, mon désespoir et ma colère contre quelqu'un. Il fallait bien trouver un responsable.

Nous entrons tous les deux dans un bureau minuscule. Il fait chaud. Tu es assis à ma gauche. Je la regarde et je l'écoute. Ton médecin. Ton capitaine. Je sens une tristesse enragée m'envahir : « Combien de temps lui reste-t-il à vivre ? Je veux une réponse franche ! » J'ai l'impression de ne pas contrôler le flot de mots qui sort de ma gorge. Ton oncologue ne me ment pas : « Ses chances de survie sont limitées. » Je regarde Claude. J'ai l'impression d'avoir reçu un coup de poing en plein visage. « Mais ça veut dire quoi ? Ça se compte en jours ? En semaines ? En mois ? En années ? Vous en savez quoi, vous ? Il faut préparer l'enterrement là, maintenant, ou on a le temps de faire le tour du monde et l'amour sur le pont d'un bateau une dernière fois ? Vous avez une réponse ? J'exige une réponse ! » Je suis agressive, à terre, comme un animal traqué. Je ne sais même pas si je veux avoir une réponse en fait. J'imagine que c'est sans doute plus facile de savoir, de connaître la date exacte. Je ne sais même plus ce que je veux. Je n'écoute plus. Je n'écoute plus personne. Je sais que personne n'a la réponse.

Personne ne sait alors que Claude mourra le vendredi 29 novembre 2019 à 14 h 15 dans une chambre de l'hôpital européen Georges-Pompidou à Paris. Personne ne sait alors la douleur, le courage, la force, l'amour qui nous uniront tous les quatre pendant ces jours, ces nuits, ces années de combat... Deux années et sept mois... Elle avait raison, ton capitaine. Tes chances de survie étaient limitées.

J'ai quitté seule l'hôpital ce jour-là. Sans dire au revoir. En claquant la porte du bureau. Seule, en pleurs, en laissant Claude et son médecin. J'étais anéantie. J'aurais voulu prendre son cancer. Ils auraient vu tous les deux ce que signifie cette phrase : « Ses chances de survie sont limitées » ! Ils auraient compris mon effroi, le gouffre vertigineux dans lequel je sombrais. Claude ne pouvait pas disparaître. J'étais claquemurée dans mon désespoir.

Je voulais mourir moi aussi.

J'ai marché longtemps dans les rues, le long du canal Saint-Martin. J'ai crié. J'ai appelé à l'aide. J'avais besoin d'aide. J'ai composé le numéro de Claire, Claire ma meilleure amie. Claire a répondu, comme chaque fois. Claire est arrivée, comme chaque fois.

Vingt et un ans de vie, d'amour, balayés d'un revers de main.

Celle qui avait commencé sur un pont de Paris cet été 1998. Celle qui devait se terminer dans une chambre d'hôpital à l'automne 2019.

Aujourd'hui, je pense à elle, ton capitaine. Cette femme est exceptionnelle d'humanité. Je comprends pourquoi tu l'as surnommée ainsi. Je lui ai téléphoné après ta mort. Je lui ai enfin dit tout ce qu'elle avait déjà compris, ce qu'elle savait déjà depuis le tout début, cette rage animale qui monte au plus profond de soi quand on ne maîtrise plus rien, quand tout nous échappe, quand le désespoir s'installe, quand l'échéance de la mort rend fou.

Aujourd'hui, ces mots sont pour vous, madame : merci pour tout ce que vous avez fait pour Claude, pour nous, pour notre famille, pour Mathilda et Esteban. Merci pour ces vingt et une années de vie.

Nos choses de la vie.

Notre belle histoire.

À jamais.

Merci « mon capitaine ».

Elle, moi, nous

Elle s'appelle Claire, elle est mon amie, ma meilleure amie, mon âme sœur. Nous nous sommes rencontrées en 2001. Nous nous connaissions à peine quand je l'ai invitée à notre mariage. J'ai dit à Claude : « J'aimerais qu'elle soit là parmi nous. » Comme une indispensable évidence. Claire s'est mariée à son tour avec Fred et depuis nos vies se sont épanouies en écho. Nos ventres se sont arrondis aux mêmes moments, nos enfants sont nés à quelques mois d'intervalle. Elle est la marraine de ma fille, son fils aîné est mon filleul. Nous avons déménagé puis emménagé la même année dans la même ville. Nous travaillons au même endroit. Nos enfants ont grandi ensemble et fêtent leurs anniversaires ensemble. Quand nous sommes toutes les deux, les gens qui ne nous connaissent pas nous demandent si nous sommes sœurs. Nous nous ressemblons, disent-ils. Je pense que nous avons, sans le savoir, adopté les expressions, les gestes et la voix de l'autre. Pas un jour ne passe sans un message, un appel, une rencontre entre elle et moi.

Nous… elle a immédiatement dit « nous » quand je lui ai annoncé la maladie de Claude : « Nous allons nous en sortir, ma Do. » « Je » est devenu « nous » pour ne plus jamais quitter nos vies. Je lui en ai fait la remarque récemment. « Ah bon ? » Elle a souri, elle ne s'en était même pas rendu compte. C'est instinctif pour elle. Un réflexe grégaire de l'amitié inconditionnelle. Tu as toujours été là, Claire. Tu as été, tu es et tu es restée.

Quand j'ai appelé Claire, ce jour-là, effondrée en sortant de l'hôpital, je venais d'apprendre que Claude était condamné et j'errais seule dans les rues de Paris. La douleur explosait dans tout mon corps. Claire ne pouvait rien comprendre de mes cris de souffrance dans le téléphone. Je n'ai entendu que ces mots : « Ne bouge pas, ma Do, où es-tu ? Je viens te retrouver. » Claire est venue me retrouver.

Entre ses bras, je me suis apaisée. Entre ses bras, j'ai repris mon souffle peu à peu. Entre ses bras, j'ai continué d'avancer à l'aveugle et en confiance. À chaque mauvaise nouvelle, à chaque résultat de scanner. À chaque embellie aussi. Un pas après l'autre. Entre colère et espoir. Tout doucement, elle m'a portée avec pudeur et délicatesse, tendresse, affection et patience, sans jamais compter, sans rien attendre d'autre que le fait que nous restions, les enfants et moi, debout, en vie. Nous sommes plus que jamais vivants, ma Claire. Tu ne sauras jamais assez combien je te le dois.

Bon courage !

Quand le diagnostic de ton cancer est tombé, tu as commencé à écrire. Toujours au même endroit, dans ton bureau, à l'étage, face au jardin. Des feuilles de papier empilées dans des chemises en carton de toutes les couleurs. Après ta mort, j'ai essayé de te lire, mais c'était trop tôt, trop douloureux. J'ai réussi, un peu plus tard, à mon rythme. Tu décris ton quotidien, loin de tes collègues de France 2, loin du terrain, des reportages qui ont rythmé ta vie pendant plus de trente ans. Tu évoques ta passion du journalisme, celle qui ne t'a jamais quitté, celle qui t'a tellement manqué, ce temps qui s'égrène irrémédiablement, qui te rapproche de la mort et te sépare de nous. Et tu couches sur le papier des moments d'émotion, des rencontres de reportages, des portraits. Un jour je réussirai à tout lire. Je te le promets.

J'ai retrouvé un autre journal où tu figes des moments de tes journées de malade, des événements heureux, des rendez-vous, des dates, les anniversaires des enfants, nos Noëls en famille. Merci d'avoir laissé ces petits morceaux de toi.

Il y a cette lettre parmi tant d'autres. Je l'ai trouvée ce matin. Je l'ai lue. Elle date du 5 mai 2018. Un an et demi avant ta mort. Il n'y a pas de destinataire, pas d'enveloppe. L'encre est bleue et ton écriture reconnaissable entre toutes, si particulière. Elle me bouleverse. Elle raconte l'horreur de l'antichambre de la mort. Elle te raconte, pudique, lucide, digne, admirable. Je la fige moi aussi sur le papier, pour toi, pour les enfants, pour nous, pour vous :

Quel courage a-t-il fallu à James Foley ?

À genoux dans le désert avec le couteau d'un salopard de l'État islamique sur la gorge ?

Quel courage a-t-il fallu au DJ Avicii dans une chambre d'hôtel à Mascate, sultanat d'Oman, pour en finir avec un tesson de bouteille ?

Comment affronte-t-on la mort ?

Quel courage a-t-il fallu à mon père, à ma mère, quand ils ont compris qu'ils allaient mourir ?

Comment fait-on ?

Comment imaginer les siens, ceux que l'on aime, le jour d'après ?

L'absence, la notion de plus jamais.

C'est fini.

Comment fait-on ?

En travers de la page, il y a ces mots, aussi, en lettres majuscules : « NE PAS DIRE BON COURAGE ! » Tu détestais quand quelqu'un te lançait « Bon courage », au détour d'une conversation, comme ça, quand on ne sait pas quoi dire. Emprunté. Mal à l'aise face au malade. Tu as raison. Plutôt se taire en effet. Courage de quoi ? James Foley n'avait pas le choix, Avicii non plus. Ils ont fait comme ils ont pu. Chacun fait comme il peut. Et toi, Claude, tu t'es battu comme jamais pour rester en vie auprès de nous. Jusqu'à ton dernier souffle, ta dernière souffrance, tes tonnes de pilules, de cachets, de seringues, de chimio, de larmes, de vomissements, de nausées, d'essoufflements, d'étouffements, de cris, d'opérations, de semaines de rééducation, de radios, de scanners, d'IRM, d'échographies, de prises de sang, de batteries d'analyses, de sanglots, de peur… Il est là, le courage, et tu n'en as jamais manqué. Digne, sincère, fidèle, honnête, respectueux, aimant, magnifiquement humain. Tu as fait comme tu as pu et tu l'as fait.

Alors, pensez-y quand vous direz à un malade : « Bon courage ! » Pensez à Claude, à tous ceux qui sont morts, à tous ceux qui se battent pour rester en vie. Je vous assure qu'ils n'ont pas besoin que vous leur rappeliez qu'ils en ont, du courage.

Harrison's Flowers

À quoi ressemble un cancer ? Tant de fois j'ai essayé d'imaginer l'aspect de tes poumons. Je voulais les voir en vrai, les toucher, en gratter la surface pour faire disparaître ces métastases comme on ramasse de la poussière, que la surface redevienne immaculée... en un coup de balai, hop ! Être cette petite fille qui cueille un pissenlit dans le jardin et disperse d'un souffle tous les poils de sa fleur fanée dans le vent... et on n'en parle plus... Ma pensée magique...

Claude a été intubé trois fois en trois semaines. Trois comas artificiels et trois réveils avant de s'endormir pour toujours. Tu t'es battu comme un chef, mon amour.

Un soir, l'un de tes derniers, sous les effets délirants des médicaments, tu m'as raconté une histoire de guerre, une histoire d'hôpital sous les bombes. Un décor à la *Harrison's Flowers* d'Élie Chouraqui, notre film fétiche. Ça m'a tout de suite fait penser à cette scène quand Andie MacDowell décide d'aller à la recherche de son mari journaliste parti couvrir la bataille de Vukovar. Il est porté disparu quelque part en Croatie. Sa femme le retrouvera quelques jours plus tard, hagard, muet, perdu, adossé au mur d'un hôpital soufflé par les explosions. Harrison est blessé, mais vivant.

Toi non plus tu ne parles plus, hagard, muet, perdu dans ton lit de réanimation. Ce soir-là tu sembles loin, peut-être là-bas dans un hôpital sous les bombes à Vukovar, ou en reportage quelque part dans tes souvenirs. Tu écris fébrile, affolé, quelques mots au feutre bleu sur une ardoise blanche que les infirmiers t'ont donnée. Je déchiffre, ta main tremble… *Guerre… Hôpital… Sang… Enfants…* Tu es très agité, les yeux écarquillés. Je vois que tu as peur. J'improvise des phrases pour toi. « Nos enfants vont bien, Claude. Ils sont à l'abri à la maison. » Avec ta main, tu me fais un signe nerveux en direction de la porte. Tu essaies de te lever, ton index sur la bouche pour qu'on ne fasse pas de bruit. « On ne peut pas partir d'ici, Claude. Tu es à l'hôpital. À Paris. À l'hôpital Pompidou. En sécurité. » « Je suis là, Claude, tout va bien, tu n'es pas seul. » Dans le film, Harrison rentre à la maison et retrouve peu à peu sa vie loin de la guerre. Il retrouve ses enfants et joue au sous-marin avec eux dans la baignoire. On adorait ce passage. Cette fois, on n'est pas dans un film. Dans notre histoire, tu ne rentreras plus jamais à la maison, les enfants ne retrouveront pas leur papa et moi, je ne réussirai pas à te sauver.

Les nuages au plafond

C'est étrange d'avoir peint des nuages et un ciel sur le plafond à cet endroit-là. Mathilda l'a repéré tout de suite, en levant la tête. Pas de très bon goût, un peu kitsch à première vue... et pourtant, il a bien fallu s'y habituer. La salle d'attente de l'unité de réanimation de l'hôpital Georges-Pompidou est devenue ma deuxième maison pendant trois semaines. Je visualise encore parfaitement les canapés disposés le long des quatre murs autour de plusieurs tables basses toujours vides. Je ne me souviens ni des couleurs ni des odeurs, juste de cette place en entrant à gauche de la porte, à droite des sanitaires, ma place chaque jour, toujours disponible. J'avais l'impression qu'elle m'attendait. Mon périmètre en attendant la visite d'une infirmière, le passage d'un médecin qui me donne le feu vert pour venir te voir. C'est là que j'étais assise quand on m'a tendu un sac en plastique transparent qui laissait entrevoir les vêtements que tu portais quand tu as été transféré en urgence ici. Ton tee-shirt orange vif, le tee-shirt des vacances, découpé en deux morceaux sur la partie avant par les médecins du SAMU ce matin-là pour t'intuber. Je me suis attachée à ce morceau de tissu depuis. Il est au pied de mon lit, au fond d'un joli panier. La vie d'avant et la vie d'après scellées dans un morceau de coton couleur soleil. L'infirmière a ensuite ouvert délicatement la paume de sa main. Il y avait ton alliance. On te l'a retirée dès ton arrivée ici au cas où tes doigts gonfleraient. Je l'ai fait glisser le long de mon annulaire gauche avec la mienne. Je les porte chaque jour toutes les deux. La tienne est un peu grande, la mienne la retient. J'ai besoin de la porter comme une preuve matérielle, visible, tactile de ton passage dans cette vie, mon face-à-face avec le temps qui emporte tout, les corps, les odeurs, les voix, le grain d'une peau, la forme d'un visage, les étreintes, les rides…

Tu as existé et tu existes.

Tu sais, on a eu beaucoup de visites, toi et moi, dans notre seconde maison… Des bras qui nous ont serrés fort… Ma maman, évidemment, est venue t'embrasser souvent, dans ton silence, comme seule une mère sait le faire, patiemment, tendrement, juste avant de retrouver Mathilda et Esteban restés à la maison avec leur grand-père, mon papa toujours fidèle au poste. Claire aussi est venue, avec des friandises dans son sac pour que je mange un peu. C'était sa mission à l'hôpital. Nos amis Caro et Paul m'ont rapporté des réserves de thé et de café assorties d'une jolie tasse. C'est tellement plus réconfortant qu'un verre en plastique craché du distributeur. Caro aimait te masser les pieds doucement à chacune de ses visites. Il y avait aussi Julie et Étienne. Combien de fois ont-ils fait l'aller-retour entre l'hôpital et la maison pour s'occuper de nos enfants, leur préparer un repas et regarder un film ensemble pour que la soirée soit une fête... Combien de fois sont-ils venus dormir à la maison pour veiller sur eux la nuit quand nous partions en urgence à l'hôpital... Chacun s'était attribué un rôle dans cette émouvante chorégraphie d'amitié pour me soulager. Le dimanche après-midi, c'était au tour de Sam de venir te raconter sa journée et te veiller quand tu dormais. Samah, en sortant du bureau, passait te donner des nouvelles de son fils, son « petit pompier » comme tu aimais le surnommer, qui passait ses journées sur le camion en bois rouge qu'Esteban lui avait offert. Et quand Michèle venait, elle me disait combien ma force l'impressionnait, qu'elle n'en avait jamais douté. Ses mots me réconfortaient, car j'avais besoin de les entendre, entendre que je tiendrai le coup, que j'en serai capable, pour toi Claude, pour les enfants et pour moi-même. Michèle m'a donné tellement de force. Je sais qu'elle t'en a transmis aussi par son écoute, son empathie, son grain de folie et sa patience.

Il y a eu également des visites, plus tard, quand la nuit tombe et que l'hôpital se vide. Martine, ton amie de reportage. Elle aimait venir le soir. Elle te caressait le front. On s'est rencontrées ici, dans cette pièce.

Nous sommes devenues amies et confidentes. Des morceaux de vie, des émotions, des instantanés de reportages, votre amitié, vos moments de partage au bureau, sur le terrain, sur la terrasse d'un café. On parlait de toi. On t'a maintenu en vie par nos conversations. Un passage de relais réconfortant que ta mort nous a concédé. Quel drôle d'endroit pour faire connaissance !... Et toi, de l'autre côté du mur, tu restais intubé.

Tous ces mots qui guérissent, tous ces gestes qui maintiennent en vie me donnaient l'impression d'un tourbillon majestueux d'amour et d'amitié dans la salle d'attente de l'unité de réanimation de l'hôpital Georges-Pompidou. Un soir, tous ensemble, on s'est d'ailleurs dit que quelques verres de gin tonic auraient été les bienvenus. On n'en a pas eu le temps. Mais depuis, on s'est rattrapés. On a les amis qu'on mérite !

Tu sais, Claude, il y a eu des instants de douceur ici dans cette salle d'attente, des parenthèses inattendues de sourires, de rires, de projets, de blagues, de fous rires aussi. Je me dis que finalement ce n'est pas si mal ce ciel peint sur le plafond d'une salle d'attente d'unité de réanimation. La vie est là et elle s'échappe de ces murs. Elle continue, envers et contre tout.

Ton petit monstre

La maladie s'insinue partout, tout le temps. La maladie sépare, la maladie détruit. Endurante, persévérante, butée, égoïste, violente, décomplexée. Jamais de répit. Elle tisse sa toile méthodiquement. Comme une petite tache d'encre noire minuscule sur un tissu. Elle s'infiltre dans chaque filament de textile et s'épanouit, insolente, toute-puissante devant nos yeux. Elle est « ton petit monstre ». Il te fallait sans doute lui trouver un nom, un peu de tendresse pour accepter qu'elle te ronge de l'intérieur, qu'elle prenne possession de ton corps, qu'elle ait un droit de vie et de mort sur toi.

Un soir où je n'arrivais plus à te parler, à faire sortir les mots de ma bouche sans crier, sans pleurer, sans m'effondrer, sans souffrir, sans te faire souffrir, je t'ai écrit ces mots :

Nous sommes toi et moi de chaque côté d'une rive, face à face. Viens me retrouver du côté des vivants, mon amour. Nous sommes là, les enfants et moi. Viens vers nous, nous t'attendons, nous t'aimons. Je refuse de te suivre du côté de la mort.

On était trois… Toi, la maladie et moi. Un couple à trois. Je l'ai détestée, je t'ai détesté, je me suis détestée. Tu avais pourtant été guéri avant notre rencontre. Le même cancer. Tu étais seul alors. Pas d'amoureuse, pas d'enfants. Alors pourquoi tu dois mourir maintenant que nous sommes là, ta fille, ton fils, ta femme… Pourquoi ?

Aujourd'hui, j'ai trouvé la réponse : je ne me pose plus la question. Pas de question, pas de réponse. Juste l'instant et apprendre à le savourer. Je m'y emploie chaque jour désormais, tu sais.

« Elle est pas belle, la vie ? »

« Elle est pas belle, la vie ? »... C'était la phrase fétiche de notre fils Esteban quand il était tout petit. Il nous faisait rire et il était fier de son effet.

Quand nous sommes partis en Angleterre pour nos dernières vacances en octobre 2019, tu as envoyé un petit message à ton amie Samah. Nous faisions du shopping, les enfants et moi, à Camden Market à Londres. Tu étais au chaud dans un pub pour te reposer en nous attendant. Tu étais très faible, mais nous étions heureux de cette semaine ensemble, en famille. « Elle est pas belle, la vie ? » Ce sont les mots que Samah a reçus de toi. Elle me l'a raconté après ta mort. J'ai trouvé ça magnifique.

Pendant ces vacances, je suis allée voir Richard dans le Surrey. Tu aurais aimé m'accompagner, mais tu n'en as pas eu la force. Richard était malade lui aussi. Cancer lui aussi. Je venais lui dire au revoir. Son épouse s'était éteinte quelques mois plus tôt. Il avait décidé d'arrêter de prendre son traitement. Il avait quatre-vingts ans passés.

Richard était mon ami. Mon professeur d'anglais quand j'avais vingt ans. Un brillant linguiste britannique. Un homme qui aimait l'humain, les cigarettes et le bon whisky. Un homme que j'ai toujours admiré pour son intelligence, son élégance, sa joie de transmettre. Richard m'appelait sa « French lady ». Quand je suis montée le retrouver dans la petite chambre qu'il ne quittait plus chez lui à Street House, il m'attendait. Assis, paisible, à son bureau. Ces moments de transmission silencieuse. Quand deux mains se serrent très fort. Il a souri. Il m'a tout de suite demandé de tes nouvelles. Je lui ai dit que toi non plus tu n'étais pas en forme. Vous alliez mourir tous les deux, à quelques mois d'intervalle. Mais je ressentais de la douceur comme à chacune de mes visites chez Richard, dans sa famille que j'aime. Et celle-ci ne dérogerait pas à la règle. Le voir, le sentir, le serrer dans mes bras une dernière fois, avec affection, avec amour. Richard m'a recentrée du côté de la vie : « Vis, suis ton chemin, le tien… » Je suis partie, le cœur apaisé, retrouver Claude.

J'ai appelé Richard quelques jours avant sa mort, sans doute pour vérifier qu'il était encore là. Claude était déjà parti. J'avais besoin de l'entendre, encore vivant. Il m'a dit qu'il n'avait pas peur, qu'il attendait. Je n'oublierai jamais cette soirée d'hiver. Les enfants dormaient. J'étais seule avec sa voix faible et rassurante à l'autre bout du fil. Il ne lui restait que quelques jours à vivre, et moi j'étais en vie, après Claude et bientôt après Richard. Je lui ai dit « *I love you* » pour la première et dernière fois, mais il le savait déjà.

Richard avait la force de ceux qui ne retiennent que l'essentiel. Je la garde en moi. Il est parti rejoindre Claude, l'homme de ma vie. Cette vie d'avant le 29 novembre. Cette vie qui continue après.

Vous n'êtes plus seuls puisque vous êtes tous les deux. Je sais que vous êtes bien. J'imagine que vous parlez politique et littérature, peut-être du Brexit et de l'Europe. Je suis certaine que vous buvez du whisky et du Baileys. Et du gin tonic. Je suis heureuse que vous soyez ensemble.

La dame du paradis

Claude avait tout préparé. La pierre tombale et son cercueil, l'emplacement dans le cimetière.

Un jour, tu m'as demandé de t'accompagner là-bas, dans les allées, pour me montrer l'endroit que tu avais choisi. J'ai explosé de colère quand tu me l'as proposé. C'était pour moi comme choisir un appartement pour héberger ta maîtresse. L'autre, celle qui s'était invitée dans notre couple. Un matin. Sans rien demander. Quel manque d'élégance ! Celle qui avait trouvé sa place entre nous, impolie, sûre d'elle… cette garce mortifère.

Tu as demandé à Martine de t'accompagner. Tu as compris plus tard pourquoi je n'ai pas pu.

Claude voulait un joli emplacement, sous un arbre, le long d'une allée, près de la fontaine pour que l'on puisse facilement venir le voir, déposer des fleurs et changer l'eau à la fontaine. Il y a toujours quelques arrosoirs qui attendent. Ton voisin est un vieux monsieur, jamais de fleurs sur sa tombe. Juste une plaque, un nom et deux dates. Vos tombes sont identiques. Même pierre, même couleur.

Claude avait tout prévu. Tout acheté. Tout choisi jusqu'à la couleur de son cercueil.

Je ne comprenais pas pourquoi tout ça. J'ai compris plus tard moi aussi. J'ai compris que tu avais fait cela pour nous. Ta manière à toi de nous soulager tant que tu en avais encore la force. Tu n'avais plus de prise sur ta maladie et ta vie, tu pouvais maîtriser ta mort pour que tout soit prêt au moment où éclaterait l'orage.

Claude est le premier à avoir rencontré Isabelle au cimetière. Isabelle, la gardienne du paradis. C'est ainsi qu'elle s'est présentée à moi le jour de l'enterrement. C'est ainsi qu'elle se fait appeler auprès des familles. C'est ainsi que je la connais. Solaire. Chaleureuse. Pudique. Elle ramasse les pots de fleurs renversés par les bourrasques. Elle entretient les tombes esseulées. Elle veille. Elle est une bougie éclairée par tous les temps. Nous nous croisons quelquefois dans les allées.

Il est beau, ce cimetière. Il est doux. Je viens m'y recueillir. Je ne savais pas que j'aimerais y venir. Je sais que ce n'est pas toi là-bas. Il n'y a plus que ton corps décharné dans ce grand trou creusé dans la terre. Tu es mort. Mais j'aime les fleurs sur ta pierre tombale. Alors je les jette quand elles sont fanées et j'en dispose des nouvelles de toutes les couleurs.

La dernière fois, Mathilda m'a confié qu'elle était venue te voir avec l'une de ses amies. Un après-midi de manque de toi. Elles ont écouté de la musique.

Elles ont bu une bière. Tu aurais adoré ça. Elles ont ri. Elles ont pleuré. Elles se sont raconté des secrets d'adolescentes. Elles se sont ressourcées auprès de toi. Tu vois, la vie est partout quand on la célèbre.

Ah oui, une dernière petite chose… Il y a quelques jours, une coccinelle est venue se poser sur ma main, devant ta tombe. Je venais t'apporter un pot de primevères. Elle ne voulait pas s'envoler. Je l'ai encouragée pourtant. Et je me suis mise à lui parler. Je lui ai dit qu'elle pouvait repartir. Elle s'est posée sur l'un des pétales jaunes.

Elles se font rares, les coccinelles, de nos jours. Pourtant, elle est venue jusqu'à moi. Comprenne qui voudra, je t'ai senti tout près de moi.

Tu vas mourir, mon amour

Les médecins me disent que tu ne vas peut-être pas résister à cette nuit. Je ne te quitte pas. Les enfants sont au chaud à la maison. Je ne veux pas que tu restes seul.

Où es-tu, Claude ?

Les heures s'égrènent. Une infirmière a déposé une couverture sur le fauteuil qui me sert de couchette. Au petit matin, tu respires encore. Tu es là encore. Vivant. Je sais que tu vas mourir. Les médecins me l'ont dit. Les métastases explosent dans ton corps. Le traitement ne fonctionne plus.

Un livre ne m'a pas quittée cette dernière nuit à tes côtés. *La Mort intime. Ceux qui vont mourir nous apprennent à vivre* de Marie de Hennezel. Elle est psychologue clinicienne. Il est très juste, ce titre. Rassurant. Prémonitoire. Il y est question de fin de vie, de douceur, d'accompagnement, d'écoute. « Je découvrais que l'espace-temps de la mort est, pour ceux qui veulent bien entrer dedans et voir au-delà de l'horreur, une occasion inoubliable d'intimité. » Je me suis sentie moins seule entre ces lignes. Au chaud entre ces mots. J'ai refermé la dernière page au petit matin du dernier jour de ta vie. À l'aube, un jeune homme, aide-soignant, est venu me demander d'une voix douce si je souhaitais manger un petit peu. Il a apporté des biscottes, du beurre, de la confiture d'abricot et de fraise. Un thé chaud. Un festin ce matin-là. Et sa douceur, sa présence, une attention inestimable.

Avant lui, il y a eu d'autres visages, d'autres voix, des mains effleurées. Des sourires, des rires, des silences. Des infirmières, des médecins, du personnel de ménage. Des bribes de conversations, des histoires du quotidien, la vie qui continue avec ses joies et ses peines. La tienne sur ce lit ne tient qu'à un fil relié à cette machine qui soulève ta poitrine. Un va-et-vient mécanique qui se prolonge par un tube enfoncé dans ta bouche. Il descend dans ta gorge. J'essaie d'imaginer son cheminement dans ta poitrine. Tes yeux sont fermés. Tes mains immobiles, encore chaudes. J'ai l'impression que tu peux te réveiller, que tu vas te réveiller. Réveille-toi, Claude… ouvre les yeux… bouge tes mains… parle-moi… dis-moi que tu vas bien…

La veille, tu étais encore conscient. Épuisé, tes yeux dans les miens, ton ardoise pour communiquer, ta main fébrile, tu as essayé d'esquisser un point d'interrogation. Je comprends à ton regard ce que tu me demandes. Alors je te réponds sans détour : « Oui, tu vas mourir, mon amour. » Tes yeux toujours dans les miens, l'ardoise sur le drap, je déchiffre un « Merci » sur tes lèvres. Tu m'indiques que tu désires voir nos enfants.

Comment dire au revoir à son papa ? Ils l'ont fait, le courage en bandoulière, avec la force vitale de l'enfance, celle qui donne des ailes, qui porte et transporte, celle qui maudit la mort pour lui préférer la vie. Mathilda et Esteban ont grandi plus vite que d'autres enfants. Eux aussi ont fait comme ils ont pu, mais ils ont traversé cette épreuve avec une intelligence, une intuition qui forcent l'admiration. Je vous aime.

Quand nous nous sommes retrouvés seuls, toi et moi, tu avais les yeux ouverts, le tuyau dans la gorge, les mains immobiles le long du corps. Je voulais tout t'offrir avant que tu partes. Je t'aurais porté dans mes bras loin de tout si j'avais pu. On aurait fait le tour du monde une dernière fois, on aurait plongé dans les eaux translucides d'une île déserte, on serait retournés en Corse sur la petite plage de Campomoro ou sur la terrasse de la maison du Four, on aurait mangé du poisson grillé, on aurait ouvert une bonne bouteille, on aurait pleuré, on aurait ri, on se serait embrassés, on se serait dit que pour rien au monde on n'aurait fait autrement, qu'on ne regrettait rien, ni le soleil, ni la pluie, ni les orages, ni les feux d'artifice, ni la mort. S'il fallait recommencer, on ne changerait rien. Notre histoire était ainsi.

Je t'ai proposé une dernière chose dans cette chambre d'hôpital. Je t'ai demandé si tu voulais dire au revoir. Tu m'as regardée. Tu ne pouvais pas parler. Tu ne comprenais pas. J'ai pris ton téléphone et t'ai proposé de composer des numéros. Tu as levé le pouce en signe d'approbation, un petit clin d'œil espiègle. J'ai égrené quelques prénoms pour ne pas te fatiguer, ton pouce levé pour lancer chaque appel. Tu as entendu la voix de tes amis, leurs émotions, leurs silences, leurs derniers mots. Tu les as entendus te dire « Je t'aime ».

Je t'aime, Claude.

J'ai eu le temps de te confier tous les mots en cascade que je ne t'ai pas assez dits. Mathilda et Esteban, vous avez eu la chance de serrer dans vos bras votre papa… Je suis tellement fière qu'il soit votre père, que vous portiez son nom. Je suis tellement heureuse d'avoir été ta femme, que nous ayons été cette famille-là. Il y a eu tellement d'amour.

Claude est mort le vendredi 29 novembre 2019 à 14 h 15 dans cette chambre d'hôpital.

Claude n'a pas eu peur. Ses yeux se sont fermés. La mort en face. Sa main s'est détachée de la mienne. Je l'ai gardée serrée encore un moment. Il est parti comme ça, tout contre moi.

C'est donc ça, mourir. Un encéphalogramme plat qui signifie : plus jamais.

Nous allons bien, Claude. Nous irons bien. C'est une promesse. Mathilda, Esteban et moi… je te l'ai dit avant de partir, nous sommes la vie qui va, qui n'oublie pas et qui continue le chemin… avec

Max, notre chasseur de papillons. Nos enfants sont remarquables et moi je tiens parfaitement la barre. Parce que vivre c'est mourir, le plus tard possible, on est d'accord. Alors nous allons vivre. Toi, tu es parti beaucoup trop tôt. Tu es mort comme tu as vécu, la tête haute, avec ton sourire d'enfant insolent, ton humour, ton intelligence, ta lucidité, ta patience et ton amour pour les tiens.

Oui, elle est belle cette vie, et nous allons la vivre avec toi jamais loin de nous, pour toi et pour nous. Tu peux être fier de nous. Nous sommes si fiers de toi.

Après l'orage

Philippe m'a dit ces mots avant ton décès : « Quand Claude sera mort, ne reste pas trop longtemps auprès de lui. » Il a eu raison. Quand tu es mort, je n'ai très vite plus reconnu ton visage. Il n'était plus le même. C'est si rapide. En quelques secondes, les expressions disparaissent, la chaleur corporelle baisse. La peau se tend. Je ne veux pas me séparer de toi. Je ne veux pas te quitter. Je ne veux pas te laisser tout seul. Où es-tu ? As-tu entendu ma voix te dire « Je t'aime » ? As-tu senti ma présence ? Qu'y a-t-il après ? Nous vois-tu ? On est où quand on est mort ?

Je te regarde. Claude, ouvre les yeux, serre ma main, réveille-toi s'il te plaît. Non, ce n'est pas fini. Reviens. Tu ne peux pas partir. Tu n'as pas le droit. Pas tout de suite. Tu t'es tellement battu. Tu t'es toujours battu. Je t'aime. Je t'aime. Je t'aime. Je t'aime. Je t'aime. Je t'aime. Je t'aime. Je t'aime. Je t'aime. Je t'aime. Je t'aime... je t'aime... je t'aime...

Plus jamais je n'entendrai ta voix. Plus jamais je ne serrerai ton corps. Plus jamais tu ne reviendras.

Toujours tu seras là.

Combien de temps suis-je restée auprès de toi ? Je retire ma main de la tienne. Je me lève. Je m'éloigne et je suis déjà de l'autre côté. Une porte nous sépare. Un cercueil bientôt. La vie désormais. À mes côtés, une main sur mon épaule. Je mets un pied devant l'autre. Je m'arrête, m'accroupis le long d'un mur de couloir. Cette main serre toujours mon épaule. Puis j'entends une voix : « Relevez-vous, Dominique. Venez dans mon bureau. Ne restez pas là. Venez au chaud vous asseoir. »

Le professeur Jean-Luc Diehl est médecin en chef de l'unité de réanimation. Il a toujours su trouver les mots et les silences nécessaires avec moi. Il ne donne pas l'impression de s'être habitué à la mort, lui qui la côtoie chaque jour. Il sait que la mort de Claude est la nôtre, celle d'un père et d'un mari. Nous avons très peu parlé dans son bureau. Juste un café partagé. Il était là. J'avais besoin de lui, de cette présence humaine. Il était là et je n'oublierai jamais sa main sur mon épaule et cette tasse de café.

Quand je suis ressortie, les affaires de Claude étaient pliées dans un sac. La trousse de toilette que j'avais préparée, quand il sortirait debout sur ses pieds. Il y avait aussi le drôle d'animal en peluche qui l'avait veillé ces trois semaines. Le lecteur de CD que nous lui avions installé.

J'ai retrouvé Philippe dans le hall central de l'hôpital en bas. Mon sac de la vie d'avant dans la main. Philippe m'a accompagnée dans un bureau où nous attendait une dame. Nous avons déclaré le décès de Claude. Le lieu, le jour, l'heure. Désormais tu as une date de décès qui suit la date de ta naissance sur notre livret de famille.

Désormais, il est écrit que tu es décédé. Désormais, je suis veuve.

Ton jour de fête

Te célébrer. T'applaudir. Crier ton courage, ton intelligence et ton talent. Te le dire encore et encore. Écouter tes chansons, les mots de tes amis, la fierté de ceux qui t'aiment. Les souvenirs de tes reportages. Au Cambodge. En Corse. En Afghanistan. Au Kosovo. Au Japon. À Washington. À Londres. En Turquie. En Iran. En Haïti… et se remémorer tous les moments chez nous, à la maison…

Je veux que ce jour soit une fête, oui. Qu'on puisse se souvenir de ton départ avec douceur et enthousiasme, et qu'on l'évoque toute notre vie. Que les enfants le gardent en eux comme une lumière qui réchauffe les jours de pluie. Une force. Ils porteront ton nom toute leur vie, et moi aussi. Haut et fort. Avec fierté. D'ailleurs, en parlant de fierté, je peux te dire qu'on est restés tous les trois littéralement bouche bée quand nous avons découvert le communiqué présidentiel daté du 1er décembre, deux jours seulement après ton décès, et qui te rendait hommage : « Claude Sempere, l'une des hautes figures du grand reportage français, nous a quittés… » Je crois, Claude, que tu as un admirateur au palais de l'Élysée !… « Ses talents d'investigation et d'écriture lui venaient en partie de cette forme suprême d'attention aux autres, d'écoute, de compassion qu'on appelle l'humanité. […] Le président de la République salue le parcours de cet homme qui, au fil de ses reportages, était devenu une figure familière et l'une des grandes voix des informations françaises. » Je sais déjà ce que tu nous aurais dit. Avec les enfants, on a même souri en imaginant tes mots dans un éclat de rire : « Mais c'est dingue, Do ! Emmanuel Macron, le président de la République en personne… C'est complètement fou… C'est toujours quand on est mort finalement qu'on reçoit des compliments, c'est con ! » Ainsi vont la vie et les hommages quand on est mort. Puis on aurait bu un bon verre de vin tous les deux, et j'aurais vu dans tes yeux ton émotion, ta joie et ta fierté. Il est très juste et mérité, cet hommage présidentiel. Tu en es digne, mon amour.

Alors c'est avec émotion, joie et fierté que nous allons la préparer, cette fête… Évidemment, il y a un passage obligé… PFG, les trois lettres sur le fronton de la boutique sont reconnaissables entre toutes. Mais jusqu'à maintenant, elles ne faisaient pas partie de mon univers… Pompes funèbres générales… Quelle drôle d'idée de pousser la porte d'un magasin qui vend des tombes... Avec Claire qui m'accompagne, nous sommes accueillies par un jeune homme à la voix douce. Il se présente. Je ne retiens que son prénom. Damien. Je continuerai à l'appeler ainsi jusqu'au jour de l'enterrement. J'aime bien cette idée. Moins protocolaire. Plus directe et chaleureuse. Ce lieu est d'une tristesse ! Je trouve réconfortant de m'adresser à un employé des pompes funèbres par son prénom. J'ai l'impression de tenir à distance encore un peu la mort. Damien a été d'une grande patience, d'une humanité remarquable. Si l'on m'avait dit ce matin-là que je commencerais ma journée en découvrant la couleur de ton cercueil, celle que tu avais retenue sur un catalogue, pin clair... D'habitude, tu choisissais la couleur d'une nouvelle robe pour l'été. Ton cadeau, pour moi, un week-end de soleil. Décidément, cette vie est insaisissable.

Plus tard, nous retrouvons Caro attablée dans ce petit café juste à l'angle. C'est la première fois que j'y entre. Il est pourtant joli avec sa terrasse pavée. Je n'y suis plus jamais retournée depuis. Caro et Claire ont pris les choses en main. Elles savent qu'elles vont affronter la tempête elles aussi. Elles sont prêtes, elles l'attendent. La citation de l'écrivain Hervé Lauwick sonne très juste : « Un ami, c'est quelqu'un qui vous connaît bien et qui vous aime quand même. » Claire et Caro sont mes amies. Elles me connaissent par cœur. Aux côtés de mes parents, elles ont été un rempart solide, compréhensif et généreux face au précipice qui s'ouvrait devant moi. Avec mes parents, elles ont pris ma douleur en pleine figure, mes cris de souffrance. Je n'aurais jamais su faire tout cela sans elles, sans eux. L'organisation de la cérémonie, le livret pour la messe, l'accueil dans l'église. La double peine de la paperasse quand vous enterrez votre homme. Je les ai suivies aveuglément. Je me suis laissé porter. En confiance, en douceur, en amour, en amitié.

Demain, nous t'enterrons, Claude.

Ce soir-là, nous sommes autour de la table à la maison. Mes parents, fidèles au poste, toujours, sont là auprès de nous. Mon frère Emmanuel aussi, avec sa femme Mélanie et leur fille Pauline, ma filleule. Ils habitent au Canada et ont fait le voyage pour te dire au revoir. Mossi, ton meilleur ami, est arrivé d'Israël la veille. La nuit est tombée. Nous partageons le repas, tous ensemble, serrés les uns contre les autres comme une famille sait le faire quand l'un des siens souffre. Et nous rions en cascade, nous rions comme quand nous étions enfants, d'histoires légères, d'anecdotes futiles, de souvenirs joyeux. Un moment hors du temps, en suspension, ni dans la vie ni dans la mort, un instant qui n'appartient qu'à nous, figé et plein. Inoubliable.

Je regarde cette famille que j'aime, qui nous porte, nous réconforte. Ça y est, je suis prête, je le sais, je les sens s'imposer, monter en moi, ces mots que j'écris pour toi cette nuit-là assise sur le lit de notre chambre et que je lirai le lendemain à l'église le jour de ton enterrement.

Vendredi 6 décembre 2019.

Pourquoi t'écrire ? Ça n'a pas de sens. D'habitude, je n'ai qu'à poser ma main sur ton épaule, caresser le haut de ton dos, dire ton prénom. Claude... Composer ton numéro et t'entendre, à n'importe quel moment de la journée ou de la nuit... Tu es là.

Pourquoi mourir ? Après deux ans et demi de combat, une opération du cœur, la découverte de cette saloperie, un mois de réanimation, des semaines et des semaines de chimio, une tentative d'immuno, et cette voix abîmée qui ne sort plus de ta gorge quand tes lèvres essaient de me parler.

Je devais repartir au Canada quand je t'ai rencontré. Tu m'as dit : "Vous ne repartirez jamais." Vingt et un ans de vie ensemble, la moitié de la mienne... Sans toi, sans nous, il n'y aurait pas de Mathilda, pas d'Esteban. Quand je regarde nos deux merveilles, je sais que tu es là, juste à côté, jamais loin.

J'ai l'impression que tu as vécu en survivant : un face-à-face permanent avec la mort qui t'a donné la rage de te battre et de donner la vie, un sens à ta vie. Ta carrière de grand reporter d'abord, puis notre famille.

Tu détestes la médiocrité. C'est un peu compliqué en ce monde, mais avec toi, Mathilda, Esteban, on a toujours avancé la tête haute, droits dans nos bottes comme toi. On est peut-être un peu plus ronds que toi, c'est vrai...

Il nous a fallu bien du talent, comme dirait Brel, pour ne pas mille fois claquer la porte. C'est notre histoire, toi, nos enfants et moi. Quand tu étais trop sombre, j'essayais de faire rentrer le soleil... et j'y suis arrivée.

Je souhaite remercier tous ces soignants de Georges-Pompidou dans cette salle de réanimation, toutes ces personnes qui ne se montrent pas, qui restent dans l'ombre et que j'ai beaucoup engueulées, qui se battent pour la vie et font partie de la mienne désormais. Je pense en particulier au docteur Christine Le Maignan, au professeur Marie-Pierre Revel et à Isabelle, son assistante lumineuse, au professeur Jean-Luc Diehl et à son équipe, au professeur Albert Hagège, au docteur Mariana Mirabel, au docteur Émilie Baup, au docteur Béatrice Beaufils, au docteur Do, au docteur Carol Dewolf, au docteur Brigitte Douence et à Adeline aussi, cette jeune infirmière arrivée il y a tout juste trois mois dans ce métier, mais qui avait déjà l'expérience des plus anciens. Merci aussi à toutes ces aides-soignantes généreuses.

Merci enfin à mes parents, à mon frère, à toute ma famille, à tous nos amis, à mes collègues du 13 heures autour de JP, merci à toi, ma Claire...

À vous mes enfants, nos trésors...

Il y a un homme aussi que tu aimes, que nous aimons. Il s'appelle Philippe. Le professeur Ménasché. J'ai voulu que ce soit lui qui lise la lettre d'Emmanuel Macron écrite pour toi, lui qui est là, depuis, à nos côtés, comme une lumière. Une rencontre que tu as initiée, ça aussi tu l'as réussi… Merci.

Famille, je vous aime

Je crois que c'est à partir de ce moment que j'ai commencé à comprendre, au moment de t'écrire cette dernière lettre, lors de cette dernière nuit dans notre chambre avant de t'enterrer. Jusqu'ici, je me demandais à quoi pouvaient servir des obsèques. Il existe des moments plus chaleureux pour tous se réunir, non ? Et puis ça ne te ferait pas revenir. Ça n'apaiserait pas non plus le chagrin ni ne comblerait le manque, le vide de toi. Alors pourquoi cette tradition qu'on perpétue, là, maintenant, sans même y penser, sans se poser de questions ? Pompes funèbres, cercueil, église, cimetière, pierre tombale. Finalement, j'aurais été mieux toute seule chez moi pour t'enterrer. Je t'aurais gardé encore un peu pour moi, à moi toute seule.

Cette nuit-là, j'ai commencé à comprendre que j'étais en train de fuir, de me fuir, de me cacher, de me mentir pour ne pas voir ni ressentir. J'ai compris qu'il m'était insupportable d'imaginer la souffrance de mes enfants.

À ce moment-là, la mienne est vertigineuse, comme un puits sans fond. J'ai peur de sombrer, je tente de retenir mes mains sur la paroi, elles glissent. Je n'ai pas le droit de tomber, je dois m'agripper de toutes mes forces. Mes cris s'étouffent dans la profondeur de l'abîme. Je dois remonter, je vais remonter, je n'ai pas le choix. Nos enfants sont là. Si toi tu n'es plus là, alors moi je me dois d'être là. Seule, désormais, pour eux, pour nous. Là, vivante. On peut s'en sortir, on va s'en sortir. Ce n'est rien, la mort. On peut survivre à tout. On va survivre, à la mort de votre papa, à la mort de mon mari. Je scande ces mots tel un automate pour fuir le regard de mes enfants et ne plus affronter l'intensité incommensurable de leur chagrin.

Car non, ce n'est pas rien, la mort.

Il m'est insupportable d'imaginer la souffrance de mes parents. Je la connais puisque je la partage. Je suis à la fois la mère et la fille. Je voudrais les rassurer, les apaiser, leur dire que tout va bien, que tout ira bien, mais j'en suis incapable, car Claude est mort et il faut que je l'admette et je n'y arrive pas. Pas encore. Je voudrais moi aussi redevenir un enfant que l'on câline après un mauvais rêve, rallumer la lumière au cœur de la nuit après un cauchemar. Je dois accepter que mes parents souffrent et accepter leur aide, leur main tendue, leur tendresse, leur affection, leur douceur, leur inquiétude, leurs peurs, leur douleur. Accepter de ne rien maîtriser, accepter de lâcher prise et me ressourcer dans leur amour inconditionnel.

Au cœur de la tourmente, ce soir-là, j'ai enfin compris, compris qu'être une mère ne pouvait pas tout, ne devait pas tout. J'étais impuissante à consoler mes enfants, car ils étaient en train de perdre leur père et qu'ils en prenaient toute la mesure, peut-être bien avant moi. Je ne pouvais plus les protéger car ils avaient compris. Eux avaient compris que l'amour d'une mère n'était pas une baguette magique contre la mort.

Au cœur de l'ouragan, j'ai appris que je n'étais pas seule si j'acceptais de l'aide. J'ai compris cela grâce à mes enfants et à mes parents, à leur présence indéfectible et à leur amour inconditionnel comme seul guide. Chacun traverse les bourrasques comme il le peut. Mathilda et Esteban n'ont jamais baissé les yeux. Ils ont toisé la mort comme on affronte la vie. Ils ont imposé leur rythme, respiré à pleins poumons, expiré de douleur, de colère. Ils sont restés debout, impressionnants de dignité et d'intelligence. Parce qu'ils sont en vie. Parce que nous sommes en vie. Parce que j'ai choisi d'aimer la vie.

Famille, je vous aime.

Entre quatre planches

Désormais, tu es seul, dans cette boîte. Entre quatre planches en bois. Et moi je respire, debout, à côté de toi. Toi qui ne réussissais plus à t'endormir dans le noir depuis des mois. Il fallait toujours laisser les rideaux ouverts dans la chambre, avec une petite lumière. Tu avais peur de suffoquer. Tu redoutais de ne pas te réveiller.

Juste avant de refermer ton cercueil, je me suis retournée, perdue, vers Claire qui était là à mes côtés. « Claude a si peur du noir… on ne peut pas le laisser tout seul dans le noir… » Alors Claire a plongé la main dans son sac. Claire transporte toujours sur elle sa maison, pour ses enfants, sa famille, ses amis… fidèle, généreuse, précautionneuse, attentionnée. Quelques secondes plus tard, comme par magie, elle sort de sa besace une lampe torche miniature en porte-clés. Pourquoi était-elle ce jour-là dans son sac ? J'ai déposé la petite lampe allumée entre tes doigts entrelacés. Un rayon de lumière éclaire ta nuit désormais. Ah oui, et puis tu as vu, j'ai ajouté aussi une bouteille de gin tonic dans ton cercueil. On ne sait jamais, ça peut toujours servir…

Quand je suis ressortie de la chambre mortuaire, ton cercueil était scellé. Dans le couloir, ils étaient là, ma maman, Claire, Caro, Martine et Philippe. Et cette impression vertigineuse de t'abandonner. Je me suis retrouvée dans le hall immense de l'hôpital. Il y a toujours beaucoup de monde dans ce hall, du passage, un brouhaha sourd de conversations entremêlées, des visages qui se croisent sans se regarder. Des larmes, des sourires. J'ai pensé alors avec nostalgie que plus jamais je ne reviendrais te voir à l'hôpital, que c'était fini tout ça. Puis j'ai senti une main dans mon dos. Je me suis retournée. Face à moi, un homme me sourit. Lui sait ce que je ressens. Je ne connais pas son nom, mais je reconnais immédiatement son visage. Nous venons de partager les mêmes jours et les mêmes nuits. La même douleur, celle de perdre un être aimé. Quand Claude a été admis en réanimation il y a trois semaines, lui aussi était là. Pour son père. Nous nous sommes croisés chaque jour, chaque soir dans cette salle d'attente. Les yeux rougis, un sourire de réconfort, une présence pour chacun. Cette fois, il me regarde et m'apprend que son père est décédé peu après toi. C'est idiot, mais c'est réconfortant de savoir que vous êtes partis ensemble, tu auras eu un peu de compagnie sur ton chemin. Je n'oublierai jamais ce moment de partage, d'émotion, de fraternité ce jour-là, à ce moment-là, dans ce hall immense et anonyme. Je me suis sentie un peu moins seule.

Un sacré journaliste !

Dans la nef de l'église, tes amis te portent. Étienne, Paul, Fred, Matthieu, Christian et Frédéric. Tous en costume noir, eux qui préfèrent les tee-shirts et les baskets. Le poids du cercueil réparti sur leurs épaules, les bras recourbés pour te soutenir encore un peu, ils avancent jusqu'à l'autel. Je ne voulais pas que ce soient les employés des pompes funèbres qui s'en chargent. Ils ne te connaissent pas, eux. Ils ne savent rien de nos souvenirs partagés, de tes parties de poker, des bouteilles de vin au coin du feu, des nuits qui s'éternisent à refaire le monde tous ensemble, de ton rire, de tes récits interminables de tournage, des visages qui t'avaient ému, bouleversé, de tes bras qui enlacent ceux que tu aimes, de ta douceur, de ta sensibilité, de ta pudeur, de ta tendresse, de ton mauvais caractère aussi. Il te fallait les mains de tes amis pour te serrer et t'accompagner dans cette église de Ville-d'Avray, celle que tu avais choisie pour nous réunir tous une dernière fois. Je voulais des larmes et de l'amour, le *Requiem* de Mozart. L'amour des vivants pour ceux qui ne sont plus.

Tu es dans cette boîte. Entre quatre planches de bois. J'imagine ton corps immobile. Et la petite lampe torche qui t'éclaire. J'aperçois mon frère Emmanuel dans l'assemblée qui pleure à ne plus pouvoir s'arrêter. Ses larmes me réchauffent. Elles disent l'intensité des moments partagés, à jamais vécus et gravés. Je regarde mes parents qui ont pris place juste derrière Mathilda et Esteban. Je sais qu'ils veillent sur nous à chaque seconde.

Mossi ouvre la marche dans la nef. Il précède ton cercueil. Mossi est ton meilleur ami. Il est journaliste cameraman au bureau de Jérusalem, là où tu allais souvent travailler pour remplacer le correspondant permanent. Vous vous êtes tout de suite reconnus. Tu le considères comme ton frère, Mossi. Tu adores ce bureau, tu es tombé amoureux de ce pays et nous aussi avec toi. Mossi et sa famille sont devenus nos amis. Il a été ton témoin à notre mariage. Il ne pouvait être que le témoin de ton enterrement. Alors je suis entrée à l'église à son bras, naturellement. Mossi est de ceux qui te connaissent le mieux. Quand je lui ai demandé de lire un texte pour toi, il a évidemment trouvé les mots justes : « Claude [...] était très différent des autres journalistes. [...] Il avait une forte empathie et une forte sensibilité envers les êtres humains, c'était sa qualité, mais c'était aussi sa faiblesse. D'un côté, il avait cette capacité à se connecter aux gens et à ressentir leur peine. Mais le revers de tout cela, c'est que ça le touchait profondément juste à l'endroit où ça fait mal. » Il a raison, Mossi, tu avais cette mélancolie en toi qui était parfois difficile à vivre.

À l'arrière, Sam referme le cortège. Il est en uniforme de pompier. Il y tient, solennel, respectueux, en souvenir d'Haïti, là où vous vous êtes rencontrés lors du terrible tremblement de terre en 2010. Tu avais été envoyé par France 2 pour couvrir la catastrophe. Sam était alors commandant et porte-parole de la sécurité civile. Ensemble, vous avez partagé des dizaines de reportages, filmé des sauvetages d'enfants extraits des décombres, comme celui de ce petit garçon prénommé Kiki, immortalisé devant votre caméra, les bras en l'air en signe de victoire, l'une des images les plus émouvantes de vos missions ensemble. Vous avez pleuré. Vous avez ri aussi. C'est ça, la vie de reportage. Le jour de ton enterrement, Sam a souhaité nous raconter votre au revoir quelques jours plus tôt : « Merci de tout mon cœur pour cette indéfectible amitié. Je ne sais pas si j'en ai été digne, mais sache qu'en déposant un baiser sur ta main, un triste dimanche après-midi à l'hôpital Georges-Pompidou, je ne faisais qu'y déposer mon cœur. » Elle est belle et brute, votre amitié.

Dans l'assemblée, j'aperçois Paul Nahon. Il est ému. Quand il a créé avec Bernard Benyamin le magazine « Envoyé spécial », tu les as rejoints. C'était dans les années 1990. C'est d'ailleurs grâce à une série de reportages sur la Corse pour cette émission que tu as obtenu le prestigieux prix Albert-Londres en 1997. Tu avais un immense respect pour Paul. Tu me parlais souvent de lui, de son élégance, de son talent, de ces années riches d'enquêtes, de rencontres, de fidélité et d'humanité, rares dans ce métier. Quand tu es tombé malade, Paul a régulièrement pris de nos nouvelles. Un coup de fil, un message, une pensée. Quand je l'ai appelé pour lui annoncer ta mort, je lui ai demandé s'il pouvait écrire un texte pour toi. Il n'a pas hésité, ému encore et touché : « Dominique, Mathilda et Esteban, oui, vous pouvez être fiers de votre mari, de votre père. La passion dévorante pour ce métier, sa détermination sans faille et son désir d'apprendre et toujours aux autres, forçaient notre admiration. [...] Dans ce métier où tout se brouille un petit peu, Claude savait poser des questions et surtout, surtout, écouter les réponses. » Sache, Claude, que Paul, encore aujourd'hui, prend de nos nouvelles et sait lui aussi les écouter.

Aux côtés de Paul Nahon et de Bernard Benyamin se trouve le professeur Alain Deloche. Il est chirurgien cardiaque et médecin humanitaire, fondateur de La Chaîne de l'espoir. Vous vous êtes rencontrés au Cambodge, Alain et toi, pour filmer des opérations à cœur ouvert sur des enfants malades. Mathilda et Esteban écoutent avec attention ce « French doctor » s'adresser à eux : « Je tiens à vous dire, les enfants, que votre papa a bâti l'hôpital du cœur. Son reportage très impressionnant se terminait sur : “Il faut sauver le petit empereur !” Le petit empereur, c’était le premier malade opéré à cœur ouvert de l’histoire du Cambodge. Et donc, grâce à ce reportage, l’argent est venu, le miracle. Et maintenant, sachez que chaque jour, des enfants sont sauvés grâce à Claude. » Les enfants découvrent tout un pan de ta vie qu’ils ne connaissaient pas. Je sens de l’admiration dans leurs yeux, de la fierté et beaucoup d’émotion.

Tu es toujours resté pudique. Mais le jour de ton enterrement, on peut tout se dire, non ? Y compris que tu étais bougon, ronchon, pénible parfois… souvent taquin et joyeux aussi. Ce n’est pas moi qui l’écris, c’est ton amie Samah Soula, elle aussi grand reporter pour France 2. Vous étiez d’abord voisins de bureau tous les deux, puis vous êtes devenus des amis. Samah est également devenue depuis mon amie, délicate et attentionnée. Elle a écrit un très beau texte pour tes obsèques. « Il mâchouillait des Nicorette à longueur de journée et disait au moins une fois par jour de sa voix profonde : “T’as vu ça ? C’est incroyable !” Il pouvait s’agir d’une image, d’un témoignage. Bon, en général, c’était un truc qui faisait chialer parce que Claude, il était comme ça. Il aimait bien les histoires fortes, faites de drames, de héros et il s’autorisait à chialer quand il était touché. […] parce que ces hommes et ces femmes dont il racontait l’histoire, il se sentait proche d’eux. Il se mettait à leur place. En fait, il les aimait et surtout il les respectait profondément, tout simplement. »

Tu sais, nous continuons à nous voir, Samah et moi, et nous parlons de toi et des enfants. Elle est belle, ton amie, tout comme Martine Laroche-Joubert ; tu l'admirais déjà quand tu regardais ses reportages à la télévision sur des terrains de guerre. Tu n'étais pas encore journaliste. Aujourd'hui, dans cette église, c'est elle qui te rend hommage : « Aujourd'hui, 14 h 30… "Ah non !" dirait Claude, consterné, "ne commence jamais comme ça ! N'importe quel sujet peut s'ouvrir de cette façon ! Il faut chaque fois trouver une accroche unique !" C'est le meilleur conseil que j'aie reçu dans ma carrière ! Claude avait un "sale caractère", mais nous l'aimions, un "sale caractère" car il exigeait beaucoup de lui et des autres, il cherchait toujours le mot juste, l'émotion, mais pas la sensiblerie, les faits, mais pas les conclusions hâtives… Un sacré journaliste ! »

Claude Sempere, ainsi restera ton nom gravé dans les mémoires.

Daddy

Mathilda et Esteban ont choisi cette chanson pour la cérémonie de ton enterrement. Le titre du groupe Coldplay, piano et voix, celle chaude et douce de Chris Martin. On adorait écouter ce groupe et ces chansons, le son à fond dans la voiture sur le chemin des vacances. On chantait les fenêtres ouvertes pour que tout le monde nous entende. On se marrait.

Ce vendredi 6 décembre 2019, dans la petite église de Ville-d'Avray, sous la pluie, *Daddy* semblait écrite pour toi par tes enfants. La voici traduite en français :

Papa, es-tu là quelque part ?
Papa, tu ne viens pas jouer ?
Papa, ça ne te fait rien ?
Tu ne veux rien dire ?
Je sais que tu as mal aussi.
Mais j'ai besoin de toi.
Papa, si tu es là quelque part...

Papa, tout ce que je veux dire c'est que tu es si loin, oh tu es si loin.
Mais ce n'est pas grave, je vais bien.
[...]
Papa, ça va ?
Regarde Papa, on a les mêmes cheveux.
Eh Papa, c'est mon anniversaire.
Et tout ce que je veux te dire, c'est que tu es si loin.
[...]
Veux-tu venir et rester,
Un jour, juste un jour...

Les notes de piano s'évanouissent. L'église est pleine. De silence et de sourires. C'est fou comme ça réchauffe, comme c'est bon. Pendant toute la cérémonie, le prêtre qui nous accueille s'adresse à moi par le diminutif que tu aimes, celui que tu as choisi. Do... Je lui avais dit que tu m'appelais comme ça. Depuis toujours. Do... Alors lui aussi l'a fait comme ça, spontanément, fidèle à ta mémoire, parce qu'il en a eu envie. Do... parce qu'il a compris combien ce mot était toi et moi. Do... j'avais l'impression de t'entendre.

Alors moi aussi j'ai décidé d'appeler le père Piallat par son prénom, Marc. Dans cette église, à ce moment, croyants ou profanes, nous étions entre nous, avec toi. Marc et sa délicatesse, son intelligence et son humanité. Bénédicte et Dominique, toutes deux admirables à ses côtés qui ont préparé cette célébration pour nous. Comme à la maison.

Quand ton cercueil passe les portes de l'église, sous nos applaudissements qui claquent dans la nuit tombée, le corbillard nous attend dans l'allée. Il y a trois places à tes côtés. Nous sommes là, Mathilda, Esteban et moi et nous montons. Sur l'un des nombreux bouquets, une dédicace qui t'aurait fait rire autant que nous : « De la part de la Confrérie du hareng et de la coquille Saint-Jacques de Dieppe ». Joli menu pour mourir ! Nous rions et c'est bon.

Ton cercueil s'enfonce dans la terre en musique, toutes les musiques que tu aimais, celles qu'on continue d'écouter le volume à fond dans la voiture, les fenêtres ouvertes. Nous te regardons tous les trois disparaître dans ce trou tout noir, Mathilda et Esteban dans mes bras. Une bougie éclaire les fleurs qui recouvrent la pierre tombale. On a disposé une plaque : « Pour notre papa, à toi mon amour ».

Nos familles, nos amis sont tous là autour de toi, autour de nous. Indispensables. Étienne et Julie ont improvisé un bar dans le coffre du corbillard. Ils versent un verre de gin tonic à tous. Mathilda et Esteban eux aussi ont le droit de boire un verre. Leurs nombreux amis sont venus les soutenir au cimetière. Il fait froid, humide, l'alcool nous réchauffe tous. Isabelle, la gardienne des lieux, est là elle aussi avec le personnel des pompes funèbres. Nous buvons à toi ! Telle est notre déclaration d'amour… te dire au revoir en musique, à la lueur d'une bougie, un verre de gin à la main… À toi l'ami, à toi le papa, à toi mon amour…

Aimer la vie, la chérir. C'est donc ça, la mort, pour ceux qui restent. La vie qui continue sans toi. Sans odeur de café le matin. Du coup, je bois du café maintenant, moi qui détestais ça. Ta voix n'est plus là, mais elle résonne en nous. Tes pas dans l'escalier ont disparu. Je t'appelle « mon petit fantôme ».

Nous avons eu le bonheur de te connaître, Claude. Les enfants ont eu la chance de t'avoir comme père. Nous avons eu le privilège de t'aimer.

C'est donc ça, être en vie. C'est l'aimer plus que tout. C'est apprendre à cohabiter avec la mort pour rendre immortels ceux qui ne sont plus là.

Avec les vers de Bashung dans la tête qui résonnent en écho :

As-tu senti parfois que rien ne finissait ?
Et qu'on soit là ou pas quand même on y serait
Et toi qui n'es plus là c'est comme si tu étais
Plus immortel que moi mais je te suis de près
Mortels, mortels, nous sommes immortels…

Qu'il est bon de hurler ce refrain seule dans ma voiture, les fenêtres ouvertes, cheveux au vent, immortelle.

Un sachet de thé

C'est la première fois que j'accompagne un être qui va mourir. Je n'aurais jamais pensé vivre ça. On n'imagine pas ça. Surtout quand il s'agit de l'homme que l'on aime, du père de ses enfants.

Ce matin-là, je me suis réveillée avec cette douleur sourde et profonde. Il y avait un grand soleil qui perçait à travers le rideau, mais ma tête et mon corps étaient dans cette chambre de réanimation. Je n'arrivais pas à chasser ces heures lentes de mon esprit. Je revoyais Claude. J'avais sa main dans la mienne, encore chaude.

C'est ce matin-là précisément, un mois jour pour jour après ta mort, que j'ai compris que tu n'étais plus là. Ce jour-là, j'ai ressenti le besoin de vous écrire, à vous qui, pendant trois semaines, avez pris soin de Claude dans cette unité de réanimation de l'hôpital Georges-Pompidou à Paris. Ce besoin de vous dire merci :

Merci pour ces sourires échangés. Ce sachet de thé partagé. Ce petit déjeuner au matin. Ces rires dans le couloir. Ces voix réconfortantes dans la nuit. Ce fauteuil installé auprès du lit avec une couverture pour cette dernière nuit auprès de mon homme, le papa de Mathilda et d'Esteban. Votre patience aussi. Votre dévouement. Vos silences. Votre présence. Vos mots qui ne mentent pas. J'ai vos prénoms dans la tête, vos visages, vos voix, vos bribes de vie. Ils sont les derniers témoins de la vie de Claude. Il est parti avec vous.

Votre mission est inestimable. Elle est le lien entre la vie et parfois la mort. Vous avez été des passeurs pour Claude et pour nous trois. Des passeurs de vie. Vous faites désormais partie de la nôtre même si j'espère ne plus jamais vous revoir.

Mathilda a quatorze ans. Esteban a eu douze ans quelques jours seulement après la mort de son papa. Ils sont la vie. Je tiens fermement la barre pour nous. C'est une promesse faite à Claude, c'est une promesse que je me suis faite. Vivre la mort, c'est aimer encore plus la vie et ne pas en perdre un instant.

Je souhaite que vous preniez soin de vous. Je souhaite que vos vies soient douces, bienveillantes, amoureuses. J'ai beaucoup de respect pour vous tous. Je ne sais pas comment vous faites chaque jour, mais ce que je sais, c'est que vous le faites d'une manière remarquable, humble, humaine, vivante. Aides-soignants, personnels de ménage, infirmiers, médecins. Chacun de vous est essentiel. Vous pouvez être fiers de vous. Vous avez mon affection. Tous.

Claude avait cinquante-cinq ans. Il est un père merveilleux. Il est mon homme. Il est un journaliste exceptionnel. Il est et restera notre famille. Merci d'avoir respecté son histoire, l'histoire d'une famille, pendant ces trois semaines de réanimation. Merci d'avoir vu derrière ce corps amaigri la beauté et l'intelligence d'un homme qui aime les siens et que nous aimons infiniment.

Quelques jours plus tard, j'ai reçu cette très belle lettre à la maison :

Madame,

C'est avec beaucoup d'émotion que nous avons pris connaissance de votre courrier daté du 29 décembre 2019 relatif à la prise en charge de votre époux, Monsieur Claude Sempere, au sein de notre établissement.

Un mois, jour pour jour après son décès, vous avez eu le courage d'écrire ce très beau texte qui nous a profondément émus.

Au nom de notre institution, je vous remercie sincèrement pour ce témoignage fort.

Les professionnels de réanimation et le chef de service se sont montrés particulièrement sensibles au très bel éloge de la vie et de l'amour que vous véhiculez, ainsi *qu'à l'hommage ainsi rendu à leurs qualités professionnelles.*

Je suis certaine qu'ils trouveront dans vos mots un précieux encouragement pour l'accomplissement de leur mission et nous vous en sommes très reconnaissants.

Nos pensées vous accompagnent, et je vous prie d'agréer, Madame, l'assurance de ma considération distinguée.
Bien cordialement.

Ce courrier m'est parvenu au tout début de l'année 2020. Il est signé de la direction de l'hôpital. Il m'a beaucoup touchée.

Un, deux, trois…

Je me souviens de toi et de moi dans la voiture. Un soir devant l'hôpital. Je ne sais plus pourquoi nous y étions, un scanner, une IRM… On rentrait à la maison.

Tu sais déjà que tu es malade.

Il fait nuit et sec. Nous sommes assis dans la Fiat 500 rose que tu m'as offerte pour mes trente-neuf ans. Cette voiture, elle est ma bulle. Ma carapace. Ma protection contre le temps. Celui du dehors, de la pluie, du vent et de l'orage. Il suffit que j'actionne les essuie-glaces pour tout faire disparaître. L'eau dégouline de chaque côté du pare-brise. Un, deux, trois… Quand j'étais enfant, je comptais les secondes jusqu'à trois entre chaque balayage sur la vitre. Je regardais la paroi devenir lisse, claire, immaculée… Un, deux, trois… puis à nouveau, noyée sous les gouttes de pluie… Un, deux, trois… puis sèche encore… Comme des larmes qui coulent sur la peau d'un visage et qu'on essuie d'un revers de main.

Mes mains dans cette voiture ne peuvent pas essuyer les larmes qui coulent sur ton visage. Si seulement, en un seul mouvement d'essuie-glace… hop !…

Je me souviens de ton visage dans cette voiture et de ton chagrin inconsolable. Je te demande si tu veux que je te fasse découvrir une chanson que je trouve magnifique. Tu me souris. C'est le dernier album d'Eicher…

On est furieux
Qu'est-ce que t'en dis
De la fin des temps, dis (sans faire de feu)
Tandis qu'on tendit (sans faire de bruit)
J'lève mon brandy
À toi Gatsby
La fête est finie.

Pourquoi cette phrase-là à ce moment-là ce soir-là entre toi et moi dans la voiture ?… « La fête est finie »…

Elle claque dans nos têtes et résonne dans nos corps… « La fête est finie »…

Les essuie-glaces balaient la pluie devant nos visages. Mais tes larmes continuent de couler. Tu as le regard d'un enfant qui ne veut pas quitter sa maison. Qui est là bien au chaud dans cette vie qui ne veut plus de lui. Tu t'accroches à la porte qui se referme. J'ai l'impression de t'abandonner. Je suis impuissante. Inutile. Incapable de t'aider à rester parmi nous… « La fête est finie »…

Aujourd'hui, j'aime toujours autant me retrouver seule dans ma voiture. Je mets de la musique, j'ouvre les fenêtres, je regarde les paysages défiler, la ligne droite s'effilocher dans le rétroviseur. Elle me protège du temps qui passe. Plus rien n'a de prise, le temps du voyage.

Dans cette voiture, je sais que tu ne seras plus jamais assis. Je sais que tu ne m'appelleras plus et que ton prénom ne s'affichera plus non plus sur le cadran de mon téléphone portable posé à la droite du volant. Mais je continuerai de te parler. Je converserai avec toi, mon fantôme.

Une fulgurance

Oui, j'appelle cela une fulgurance, les fulgurances d'un orage : cette lumière électriquc, soudainc ct aveuglante comme un électrochoc qui peut vous ranimer. J'ai ressenti cela entre les mains de cette masseuse, frottées vigoureusement l'une contre l'autre et qui se sont posées, chaudes, sur mon visage. Ces quelques secondes de réanimation et d'énergie insufflées. C'était peu après ta mort.

Cette fulgurance vous traverse, vous frappe, vous gifle au cœur de l'orage et c'est alors très simple : soit elle vous plaque à terre et vous vous enfoncez pour ne plus vous relever, soit vous reprenez pied, doucement, une jambe après l'autre. Vous déroulez votre corps, vous sentez chaque vertèbre de votre colonne vertébrale reprendre sa place jusqu'au cou pour atteindre la tête. Se sentir aligné de haut en bas, sur ses deux pieds. Bien en équilibre. Connecté à soi-même et aux autres. De retour dans la vie.

C'est ce qui m'est arrivé, Claude, une fulgurance, celle qui explose à l'intérieur, et qui redonne vie après l'orage. Je ne savais pas que cette année serait celle de la vie d'après. Après la souffrance, la maladie, les tuyaux, les respirateurs, les pompiers, le SAMU, la peur, la respiration qui s'essouffle, le corps qui se décharne, méconnaissable, l'enveloppe humaine qui disparaît ; la voix que l'on n'entend plus, plus jamais, ces mains trop faibles pour vous enlacer ; ces lèvres si fragiles pour un baiser ; le regard de vos enfants qui savent déjà qu'ils vont perdre leur papa.

Cette première année sans toi. Sans mari, sans père. Le premier matin sans toi, resté à la morgue de l'hôpital. Seul. Froid. Et nous trois de l'autre côté. Les papiers de la rentrée des classes à remplir sans ton nom. Sans ta signature. La case « Veuve » à cocher.

Une année. La première. La première année d'une vie qui continue sans toi. Une année où chaque pas nous emmène vers une nouvelle histoire. Mais tu es là à chaque instant. À chaque coin de rue. Chaque rayon de soleil. Une odeur. Un parfum. Un livre. Une fleur. Tu les aimais tant. Une chanson. Le visage de nos enfants. Leurs yeux. Une photo. Un objet. Ta montre. Tes lunettes. Ton alliance à mon doigt. Ton portefeuille. Notre jardin. Ce fauteuil. Un vêtement. Tes chaussures. Ton sac à dos.

Tu manques. Tu nous manques. Tu me manques. Infiniment.

Mais nous sommes en vie et bien décidés à la vivre. Pour toi et pour tous ceux qui ne peuvent pas la vivre. Qui ne peuvent plus la vivre. Qui sont morts pour la vivre. Qui se sont battus pour le rester. Nous sommes en vie et nous en respirons chaque minute, chaque seconde. S'embrasser, s'aimer, se le dire, car après c'est trop tard. Et rire. Et pleurer. Et danser pour ne rien regretter. J'ai décidé à ta mort d'écouter cette petite musique en moi qui sommeillait. Celle qui réchauffe. Qui nourrit. Le chemin qui s'impose. Une musique qui me dit de vivre. De croire en cette vie. Celle qui donne. Celle qui reprend. Celle qui caresse et celle qui frappe. Celle qui fait vibrer. Celle qui dessine la suite de mon chemin.

Parfois, bien sûr, je me demande pourquoi. Elles reviennent en cascade, ces questions. Pourquoi tout ça ? Pourquoi ces épreuves ? Toi qui n'auras pas vécu 2020, tu n'auras pas connu non plus cette pandémie, ces mois de crise sanitaire qui n'en finissent pas, le confinement, le couvre-feu, la course aux vaccins pour enrayer la courbe des décès, la mise en place du Brexit, la mort de George Floyd aux États-Unis, la double explosion à Beyrouth, l'assassinat de Samuel Paty, le départ de Trump et l'élection de Biden. Tu n'as pas su que Sean Connery était mort non plus, ainsi que Jean-Pierre Bacri, Robert Hossein, Juliette Gréco, Michael Lonsdale, Claude Brasseur, Guy Bedos, Michel Piccoli, Jean-Loup Dabadie, Kirk Douglas. *Les Mots bleus* de Christophe ont disparu…

dans sa veste de soie rose, il déambule morose… vers les paradis perdus… Sergio, le mari de Fabienne, le papa de Lucas et de Lyse, a succombé à un cancer lui aussi, quelques semaines après toi. Le papa de Paul est parti également. Et puis Aleth et ses jolies cartes postales il y a quelques jours à peine…

Et toi… Était-il écrit que tu disparaîtrais ce jour-là ? À cette heure précise ? Personne ne le saura jamais. C'est mieux ainsi.

Ce jour, j'ai noté cette phrase sur un petit carnet : « Accepte ce qui est, laisse aller ce qui était, aie confiance en ce qui sera. » Ces mots sont attribués à Bouddha. J'aime bien ce qu'ils disent. J'essaie de les appliquer. Le bonheur de ces vingt et une années à tes côtés, pour rien au monde je ne m'en serais privée. Même nos orages, nos douleurs et nos incompréhensions me manquent. Au moins tu étais là.

Te laisser partir, c'est sans doute cela le plus difficile. C'est sans doute pour ça que je te rêve. Toi si vivant, devant la fenêtre de la chambre, ton visage, ton sourire devant moi. Je n'entends pas distinctement ta voix dans mes rêves, mais tu es là, le corps solide. Tu reviens de voyage ou de reportage. Tu ne m'as pas prévenue de ton retour. Tu m'embrasses et me serres contre toi, mais d'un seul coup tu m'annonces que tu reviens avec un cancer dans ta valise. Laisser les morts à leur monde, accepter de ne plus les revoir, de ne plus les toucher, de ne plus entendre leur voix. Accepter que les contours de leur visage et de leur corps se dissipent. C'est sans doute cela le plus difficile : laisser faire les choses, laisser le temps œuvrer et ne plus avoir peur de t'oublier, car l'oubli de toi n'est pas de cette vie. Tu es là partout.

Dans ton bureau

Quand ta maladie s'est déclarée, j'ai su ce que voulait dire *solitude*, ce passage obligé. Chacun est face à lui-même. Le malade face à sa propre mort, les autres face à leur impuissance. Il y a ce gouffre infranchissable entre chacun, la tristesse, la colère, l'injustice, peu importe le nom qu'on lui donne. Chacun fait comme il peut, réagit comme il peut, survit comme il peut, avance comme il peut. Tout est en soi. Au plus profond de soi-même. Les autres n'ont plus accès à ce gouffre. Il est trop profond, vertigineux. Chacun doit le remonter seul. Chacun veut le remonter seul. C'est une question de vie ou de mort.

Et puis arrive le moment où vous acceptez de regarder ceux qui sont là, ceux qui l'ont toujours été, ceux qui ne vous ont jamais quitté. Ceux qui sont restés dans l'ombre, tout près, en silence, en souffrance. Ceux-là mêmes qui ont essayé tant de fois de vous soulager, ceux que vous avez rejetés, car ils ne pouvaient pas savoir, vous ne vouliez pas qu'ils sachent, vous ne vouliez pas qu'ils vous soulagent, vous vouliez la vivre seul, cette douleur. Cette souffrance, c'était te sentir encore là vivant, au chaud, tout à côté, pas encore mort, pas tout à fait mort. Je ne voulais pas la partager. Je te voulais à moi toute seule.

J'ai commencé à revenir à la vie en rangeant ton bureau. Esteban m'a dit un matin qu'il voulait y installer son ordinateur. Alors nous l'avons repeint ensemble, en gris clair. C'est joli, c'est plus doux. Il est différent comme ça, tout en restant le même, le tien. Esteban est à ta place. Il s'y sent bien. Il a installé une nouvelle chaise de bureau, apporté sa touche de décoration. Il porte ta casquette. J'aime le voir à ta place à ce bureau, face au jardin, là où tu aimais travailler. Là où tu as passé les dernières années de ta vie à amasser des dossiers médicaux, à entasser des boîtes de médicaments sur l'étagère juste à côté. Je ne sais pas combien de comprimés exactement tu devais prendre chaque matin, chaque midi, chaque soir. Tu avais une petite liste en permanence dans ta poche. Tu les vomissais quelquefois, souvent à la fin. Ton corps n'en pouvait plus. Ta gorge refusait de les laisser passer. Aujourd'hui, ton bureau est celui de notre fils Esteban. Il s'y retrouve naturellement et ce meuble, autrefois encombré de résultats de prises de sang, de bracelets d'hôpital en plastique, d'impressions de scanner, respire l'adolescence et l'énergie d'un jeune homme de treize ans.

La pharmacie de Mme Marthe

Quelques jours après ta mort, j'ai rassemblé toutes les boîtes de médicaments et les ai jetées dans un grand sac en plastique. Je suis allée à la pharmacie à côté de la maison, là où tu aimais passer un moment avec Mme Marthe, la pharmacienne, et ses préparatrices. Elles avaient installé pour toi une chaise pour que tu puisses te reposer quand tu étais fatigué et que ta canne ne suffisait plus à soutenir ton corps fragile.

Tu aimais ces moments privilégiés auprès d'elles. Une parenthèse d'humanité et de bienveillance, le temps de récupérer ton traitement, le temps de les voir, de leur parler. Elles étaient certains jours ta seule rencontre.

Les voir, c'était être là, encore. Pouvoir te déplacer, être autonome, être vivant. Encore un peu. Mme Marthe comprenait tes silences. Elle aimait tes sourires, respectait tes larmes. Elle admirait ta force et ton amour pour nous. Elle n'oubliera jamais vos moments. Elle me l'a confié après ta mort. Elle se souvient que tu lui racontais nos vacances en Corse, notre dernière terrasse au Cap-Ferret. Elle partageait ta fierté de père quand il s'agissait de Mathilda et sa planche de surf, d'Esteban qui plongeait inlassablement du ponton avec son masque, son tuba et ses palmes. Elle me dira aussi combien tu étais heureux de nos vacances en famille, combien tu aimais nous voir sourire, rire, loin des hôpitaux, des traitements, des mauvaises nouvelles, de la maladie. Elle me dira combien elle a aimé faire ta connaissance et partager ce bout de chemin avec toi.

Aujourd'hui, quand je passe à la pharmacie, je regarde ta chaise. Elle est à la même place dans le coin. Elle soulage d'autres corps fatigués. Nous parlons toujours de toi avec Mme Marthe. Elle a accroché derrière son comptoir le faire-part que je lui avais envoyé après ta mort. Elle me dit que tu es là. Elle te voit. Son sourire me fait du bien. Il est un peu le tien.

Quand je vais à la pharmacie chez Mme Marthe, tu es mon petit fantôme de la chaise.

Le cahier jaune et rouge

Récemment, j'ai retrouvé l'un de tes cahiers. Le dernier que tu as noirci. Il raconte chaque instant de tes journées. Une liste de choses à ne pas oublier. Prendre tes médicaments, aller chez ton médecin, accompagner Esteban au foot, appeler le moniteur de surf pour Mathilda. Tu as griffonné des numéros de téléphone. Tu as établi un emploi du temps et égrené les jours de la semaine.

C'est un cahier à la couverture jaune et rouge, un cahier d'écolier à spirale à petits carreaux. Tu en as plein. De toutes les tailles. De toutes les couleurs. Sur ton bureau, sur la table de la salle à manger, dans ton sac. Éparpillés un peu partout. Souvent avec les textes de tes commentaires de reportages, la préparation de tes directs, des informations glanées. Des numéros de téléphone. Sur les couvertures, tu as écrit les noms des pays où tes reportages t'ont envoyé pour couvrir les événements d'actualité. L'élection de Trump aux États-Unis, le tremblement de terre en

Haïti, l'anniversaire de la reine d'Angleterre, la catastrophe de Fukushima au Japon, l'entraînement des soldats au Koweït, tes remplacements en tant que correspondant en Israël, l'Algérie, la guerre au Kosovo, les camps désertés d'al-Qaida en Afghanistan, les femmes en Iran, l'Irlande, le Cambodge avec notre amie Somaly et son association l'Afesip qui vient en aide aux petites filles prostituées, la Russie, le Liban. Tous ces pays, tant de cahiers. Tu les as tous gardés. Ils sont à la maison. Avec nous. Mathilda en a choisi certains qu'elle garde dans sa chambre. Il y a ton écriture parfois difficile à déchiffrer avec des lettres qui ressemblent à une succession de petits bâtons verticaux. Ton écriture chiffonnée, la tienne, pas très harmonieuse, celle qu'on trouve si belle désormais.

Parmi toutes ces feuilles, il y a cette page consacrée à nos vacances. Elle est datée de juillet 2019, nos vacances au Four, ce petit village de pêcheurs face au bassin d'Arcachon. Nos dernières vacances d'été tous ensemble. Nos dernières grandes vacances avant l'orage. Ma lecture s'arrête à ce jeudi et à ton récit :

« Jeudi – RV 21 h 45 avenue du Sémaphore – Chez Hortense. »

Le lendemain, vendredi 19 juillet, c'est notre anniversaire de mariage. Seize ans de mariage.

Quelques jours plus tôt, nous étions allés voir ce restaurant du Cap-Ferret. On le trouvait joli. On voulait y aller. Ce que je ne sais pas encore, c'est que tu as réservé une table pour nous deux ce jeudi-là. Tu veux me faire une surprise. Les enfants sont de connivence eux aussi. Une table ronde pour nous drapée d'une nappe à carreaux rouge et blanc. Une terrasse superbe. Une soirée en amoureux.

Sentions-nous que ce serait la dernière, je ne le sais pas. Ce que je sais, c'est que nous l'avons vécue. La date de cette soirée est écrite dans ton cahier jaune et rouge. Elle est en moi.

Quelques pages plus loin, il est écrit : « Rendez-vous à prendre pour immunothérapie. » C'était il y a un an.

Un an déjà

Je ne savais pas que tout allait remonter à la surface. Comme ça. Ton appel ce matin-là et ton cri de douleur, de peur et d'évidence… « Do… » Ta voix s'étouffe dans tes larmes. Le sol se dérobe sous mes pieds. Je suis au bureau. Je t'ai laissé ce matin endormi dans notre lit. La veille au soir, tu as reçu ton premier traitement d'immunothérapie. Notre dernier espoir. La chimiothérapie a échoué.

Avant de partir pour le bureau ce matin-là, je vérifie ton souffle. Je pose mon oreille tout contre ta bouche. Je fais ce geste désormais tous les matins pour m'assurer que tu es en vie. Tu l'es quand je te quitte pour aller travailler ce matin du 1er novembre 2019. Il fait gris, froid et il pleut. Un implacable jour de Toussaint.

Quand tu appelles à l'aide une heure plus tard au bureau, je sais que cette fois-ci, c'est différent. Je le sais à ton cri de détresse dans le combiné. Marie-Laure, une collègue présente à mes côtés, m'accompagne immédiatement en voiture pour te retrouver à la maison. Je ne veux pas que tu meures. Je veux te revoir. Juste une fois. Une dernière fois. Te voir. Conscient. Vivant. Il faut se dépêcher. Je sais qu'on roule vite. Mais ce n'est pas assez. Pas assez rapide. Quand j'arrive devant le portail de la maison, les secours sont là au même instant. Nos voisins et amis, Pascal et Célia, sont déjà auprès de toi. Tu es assis dans le lit. Tu respires douloureusement. Les médecins t'ont mis sous assistance respiratoire. Tu es vivant. Tu es conscient. Les médecins prennent la décision de t'intuber. Tes yeux dans les miens, je te parle : « Je serai là, mon amour, quand tu te réveilleras à l'hôpital. » Tu es allongé en travers du lit. Tu fermes les yeux. Il fait toujours aussi gris dehors. Et froid. La pluie continue de tomber. C'est la dernière fois que tu partageras notre lit.

Une semaine auparavant, nous étions en Angleterre, entre Londres et Eastbourne, heureux. Quelques mois plus tôt encore, le soleil se levait sur le bassin d'Arcachon. Tu as eu ces derniers cadeaux, nos vacances, avec chaque matin un tableau différent et des couleurs qui n'étaient jamais les mêmes et qui t'ont peut-être accompagné dans ce long tunnel : une cabane de pêcheur face à la mer. Majestueuse. Apaisante. Une large terrasse en bois. Un ponton pour plonger. Nous quatre. Sans traitement. Sans chimio. Sans blouse blanche. Sans mur d'hôpital. Loin. Ailleurs. J'ai le sentiment aujourd'hui que tu savais que c'était ton dernier été.

Un an déjà

Depuis ta mort, depuis ce vendredi 29 novembre 2019 à 14 h 15, tu ne respires plus, tu ne marches plus. Tu ne fais plus la cuisine, tu ne parles plus. Tu n'écris plus, tu ne pleures plus. Tu ne ris plus. Tu ne me prends plus la main. Tu ne m'embrasses plus. Tu ne bois plus de gin tonic. Tu ne fais plus ce geste-là avec ta main, ta paume qui tourne sur elle-même et qui était tellement toi quand tu étais amusé ou étonné. Tu ne souris plus. Tu ne dis plus je t'aime. Tu ne fais plus de canoë avec nos enfants. Tu ne les serres plus dans tes bras. Tu ne leur fais plus de baiser le soir avant de dormir. Tu ne caresses plus Max. Tu ne fais plus de reportages.

Pourtant, j'entends encore ta voix, je l'écoute sur le répondeur de ton téléphone. J'ai gardé toutes tes lettres. Je tombe parfois sur des morceaux de papier sur lesquels tu as écrit un petit mot. J'ai des photos de toi. De nous. Avec les enfants, on parle de toi. Toujours, souvent, tout le temps. Notre fille met tes tee-shirts, notre fils ta montre. Ils sont toi. Ils sont toi et moi. Ils sont notre amour, notre rencontre, notre histoire, notre famille. Ils sont vivants. Ils sont demain. La vie d'après. Après toi, sans toi, mais à tes côtés. Dans cette maison baignée de soleil.

Un an de mort, de silence, d'absence. Trois cent soixante-cinq jours. Et nous, nous sommes en vie.

La vague

Depuis que tu n'es plus là, j'apprends à ne plus avoir peur. Peur de la vie qui peut s'arrêter, comme ça, en un claquement de doigts. Peur du lendemain. De l'incertitude. Des sentiments. De l'abandon. Du jugement des autres. De moi-même aussi. Ta mort et ton absence me donnent du courage. Le courage d'apprendre à vivre au présent. De résister à la vague, celle qui emporte tout sur son passage, les beaux jours et l'espoir. Je la sens certains jours, cette vague puissante, me caresser le bout des pieds, tout doucement, partir puis revenir et s'éloigner encore. Je sais désormais que je peux l'affronter, cette vague. Alors je la laisse venir à moi de temps en temps, je laisse se rapprocher ce flot régulier et nécessaire d'images et de couleurs, de sonorités et de parfums, de nostalgie et de mélancolie parce que c'est le seul moyen pour m'aider à avancer avec nos souvenirs, avec mon fantôme.

La campagne s'éveille derrière les rideaux. Un soleil doux de fin d'été. Une lumière chaude. Tu aurais cinquante-six ans aujourd'hui. La vague arrive et son cortège d'images. Tu détestais célébrer ton anniversaire. Alors pas de gâteau. Pas de chanson. Pas d'enfant assis sur tes genoux. Les yeux brillants, gourmands. Pas de petites bouches qui soufflent à ta place sur les bougies. L'année a filé sans toi.

Ce matin, je pense à Annette, ta maman, emportée par un cancer elle aussi. Je ne l'ai pas connue. Elle avait quarante-trois ans. Tu venais d'obtenir ton baccalauréat à Dijon. Première année de classe préparatoire au lycée Henri-IV à Paris. Tu préparais le concours d'entrée à l'Institut d'études politiques dont tu sortirais diplômé quelques années plus tard, avant d'intégrer le Centre de formation des journalistes toujours à Paris. Tu avais vingt ans. Tu allais désormais devoir grandir sans elle, avec ton chagrin insurmontable.

Je me dis avec émotion qu'Annette n'a jamais connu l'homme intègre que tu as été, le grand reporter passionné qui savait si bien raconter les hommes et les femmes de nos vies. Elle n'a jamais ressenti la fierté de découvrir tes premiers reportages, d'abord sur Europe 1, puis de te suivre ensuite à la télévision sur France 2 en tant que grand reporter. Elle n'a pas su que tu es devenu mon amoureux et le papa de Mathilda et d'Esteban. Elle n'a plus jamais partagé tes joies, adouci tes peines, apaisé tes douleurs quand tu es tombé gravement malade juste après sa mort. Elle aurait peut-être su que tu guérirais cette fois-là. Une mère ressent tout. Aujourd'hui, je me dis au moins qu'elle n'a pas vécu la souffrance inconsolable de perdre un enfant.

Doux anniversaire, mon amour. On a fleuri ta tombe, Mathilda et moi, quelques marguerites, une jacinthe, de la bruyère violette. Nous nous sommes assises toutes les deux devant la pierre tombale. On a pleuré. Beaucoup. On t'a envoyé des baisers dans le vent. Pour nous trois, pour Esteban resté à l'abri à la maison. Chacun vit l'absence à sa manière. Chacun fait comme il peut. J'ignore si tu nous regardes quelque part, mais je te sens. Partout.

Une phrase m'est revenue ce matin-là. Je ne l'ai jamais oubliée depuis. Elle était imprimée sur une feuille de papier, accrochée sur le mur d'un couloir de l'hôpital : « L'empathie, c'est souffrir avec. Ça n'est pas sombrer avec… » Quand j'ai lu ces mots, j'ai eu l'impression qu'ils me donnaient pour la première fois l'autorisation de me préserver de l'autre qui souffre, de me détacher tout doucement, et de rester du côté de la vie. Je ne sais pas pourquoi j'ai repensé à cette phrase à ce moment précis. Elle a peut-être été écrite par une infirmière, déposée par un proche de malade. Elle était là, dans le couloir, bien en évidence. Je m'en souviens parfaitement. C'était juste après l'opération du cœur de Claude, un peu avant notre plongée dans la planète cancer. Cette phrase m'a accompagnée tout au long du chemin. Elle a pris sa place, elle s'est imposée. J'ai trouvé moi aussi ma place petit à petit entre

Claude et la maladie et ces mots résonnent encore très fort aujourd'hui. Je suis tombée, mais je me suis relevée et je sais que je me relèverai toujours désormais. Je la sens vibrer, cette vie nouvelle, dans mes veines. Elle est là, elle ne demande qu'à s'épanouir.

JP

Chaque matin de ces deux années et demie de combats et de souffrances, il a été de ceux qui m'ont accompagnée pour retrouver le chemin de la vie. Je venais lui dire bonjour dans son bureau. C'était mon premier réflexe du jour avant de commencer à travailler. Jean-Pierre était assis. Il avait ce sourire qui donnait la pêche. Lui aussi savait ce que c'était, un cancer. Et puis on peut s'en sortir puisque toi tu as guéri, JP. Je te serrais fort dans mes bras.

Ce matin-là, je suis arrivée fatiguée au bureau. Claude avait beaucoup souffert la nuit d'avant. Les heures passées avaient été difficiles, douloureuses. Mais je suis venue travailler comme tous les jours jusqu'à sa mort. Il le fallait. C'était vital, c'était ma respiration, ma force, ma thérapie. M'accrocher à la vie. À ceux qui continuent d'exister, à ceux qui vivent cette vie et la font avancer. Je m'accrochais aux sourires radieux de Mona, ma complice des opérations du

13 heures, généreuse, travailleuse, lumineuse et dont la gentillesse me porte chaque jour encore.

Il y a la vie des malades et la vie qui continue. La vie des mourants et la vie des vivants. Il m'a fallu du temps pour accepter de vivre sans culpabilité, pour me protéger et enfiler ma carapace contre la mort. Soutenir Claude, évidemment, tout en restant debout. Nos enfants sont vivants et moi aussi je suis en vie. Je n'ai pas le choix. On avance.

Quand il m'a aperçue ce matin-là dans l'encadrement de la porte, Jean-Pierre m'a demandé des nouvelles de Claude, comme tous les jours. JP me demandait des nouvelles chaque jour. Les jours de soleil comme les jours de pluie. Il a toujours cru en moi, en mon travail, en ma force de résilience. Et il m'a transmis la sienne dans cette longue et douloureuse épreuve. « Il faut y croire jusqu'au dernier moment, Dominique. » Ses mots ont toujours été du côté de la vie. La journée pouvait commencer.

Pendant les trois semaines d'hospitalisation de Claude, j'étais au bureau le matin et je préparais mes interventions dans le journal de 13 heures aux côtés de Jean-Pierre. Ensuite, je filais à l'hôpital retrouver mon malade. Je lui racontais la vie du dehors. Je lui faisais un compte rendu de l'actualité, dans nos régions, à l'étranger. Il me demandait quel temps il faisait dans cette vie qui continuait sans lui. J'avais fait installer un poste de télévision au bout du lit. Claude pouvait me regarder. Très vite, il en a été incapable. On a éteint la télévision.

Je revois Jean-Pierre aux obsèques de Claude. Au premier rang, dans l'allée de gauche, pas très loin de nous, les enfants et moi. Assis, le buste courbé, les avant-bras posés sur les cuisses, les mains serrées sur ses genoux. J'ai l'impression qu'il a gardé cette position tout au long de la cérémonie. J'étais heureuse qu'il soit là, tout près. Pour Claude, pour nous. Quand nous sommes venus l'embrasser avec les enfants, il nous a serrés dans ses bras. Puis il a souri et m'a dit à l'oreille : « Les chansons que tu as choisies pour dire au revoir à Claude sont très belles, je veux les mêmes… » On a souri.

Après la mort de Claude, je ne me suis arrêtée qu'une semaine. Je ne pouvais pas rester seule à la maison. Il fallait que je continue d'avancer. Les enfants aussi ont choisi de repartir à l'école tout de suite. Nous avons repris le lundi suivant ensemble, tous les trois, comme une belle équipe. Je devais être en plateau ce jour-là, comme tous les lundis. En arrivant, Jean-Pierre m'a demandé si je maintenais mon intervention. « Évidemment ! » J'avais en moi cette force, j'avais l'envie surtout, le désir, le plaisir de revenir à la vie et au contact des autres, ceux qui nous regardent, qui nous écoutent, qui nous écrivent. Sur le plateau, Jean-Pierre était ému. Je m'en souviens très bien. Je n'oublierai jamais notre émotion partagée. J'étais heureuse de le retrouver, de vous retrouver de l'autre côté de la caméra. J'étais là où il fallait que je sois. Vivante, heureuse, parfaitement sur mes pieds dans cette existence qui venait de m'arracher à toi, cette vie dont j'étais décidée à bouffer toutes les saveurs, les parfums, les rencontres, les coups, les larmes. Parce que je savais. Je sais que malgré la mort de leur papa, la cruauté, la souffrance, la douleur et l'absence, nos enfants allaient vivre. Ils portent en eux pour toujours l'amour de leur père et ils ont à jamais à leur côté celui de leur mère. Je sais désormais qu'on peut perdre l'amour de sa vie et continuer à respirer, à sourire, à rire et à aimer de nouveau. Je sais que le cœur du vivant continue de battre pour celui qui n'est plus là. Je sais que personne ne peut décider à notre place d'avancer si on ne trouve pas soi-même la force de fouiller, gratter, explorer au plus profond de soi pour trouver cette énergie de continuer et de donner un sens à ce qui semble ne plus en avoir.

C'est peut-être ça, sourire à la vie… la laisser vous approcher, vous renifler, vous percuter, vous mettre à terre et lui montrer que c'est vous qui aurez toujours le dernier mot. C'est vous qui choisissez le chemin à prendre. Moi, j'ai opté pour la douceur, la lumière, les sourires, les rires, la musique, l'amour et le bon vin. La bienveillance.

Ce lundi-là, auprès de Jean-Pierre, sur le plateau du journal de 13 heures, j'étais heureuse et fière d'être de retour. En rentrant à la maison, j'ai serré très fort dans mes bras mes enfants. Ils m'ont dit qu'ils avaient passé une belle journée à l'école. Ils étaient heureux et fiers eux aussi. J'imagine que Claude l'aurait été également, heureux et fier de nous trois.

Belle et dégueulasse

La vie est là et il y a ces soirs, à la lueur d'une bougie, inspirants, enivrants de bonheur, de rires de nos enfants, avec nos amis à la maison. Ces soirs de calme après l'orage, là où tu n'es pas, là où tu n'es plus. Là où je sais que tu aimerais nous voir.

Ces soirs apaisés, légers, joyeux, malgré ton absence.

Il y a ces trajets en voiture, ces paysages qui défilent, ces villes et villages pour nos premières vacances sans toi. Cette maison face à la mer que tu ne connaîtras jamais et que tu trouverais belle. Il y a nos pas sur le sable et nos courses folles avec les enfants sur la plage au soleil couchant, main dans la main. Il y a le parfum retrouvé d'un gâteau qui gonfle délicieusement dans le four. La gorgée d'un verre de vin rouge qui réchauffe la gorge. Il y a de la musique et nous dansons, nous chantons à tue-tête, pieds nus dans des robes de toutes les couleurs. Une guirlande multicolore illumine le jardin. Un bouquet de fleurs des champs est disposé sur la table basse. Max est caché sous la lavande. Et il y a ces mots sur ce coussin que j'ai acheté dans une boutique en Bretagne : « La vie est belle. »

Oui, elle est belle cette vie. Belle et dégueulasse.

Un concours de circonstances

La vie est comme un concours de circonstances, d'alternances de drames et de coups de chance. En tout cas, ça y ressemble sérieusement si on se fie à la définition du mot « hasard » : « un concours de circonstances inattendu et inexplicable ». La maladie, la mort, l'absence. Les hasards d'une vie.

La disparition de Claude a été inattendue et reste inexplicable. Rien à chercher, rien à comprendre. Ça nous tombe dessus. Là où l'humain peut reprendre la main, c'est dans la manière d'accueillir chaque moment et de réagir à chaque bouleversement imposé de cette vie. Nous sommes seuls responsables de ce que nous allons faire de la suite : s'effondrer ou se relever. Encore faut-il se donner les moyens de cheminer. Seul le parcours importe à mes yeux.

Je suis dans les locaux de TF1. Il est 20 heures. Je traverse un petit salon. Un homme est assis dans le canapé, la tête légèrement baissée. Il est visiblement concentré. Je monte un escalier en colimaçon pour regagner mon bureau. Je m'apprête à rentrer.

Ce visage… sur le canapé… Il lui ressemble beaucoup. On dirait Claude Lelouch. Et si c'était lui ? Je me retourne à mi-chemin dans l'escalier. L'homme n'a pas bougé. La tête légèrement inclinée. Les mains jointes sur les genoux. J'ai toujours espéré le rencontrer. Un homme. Une femme. Trintignant. Anouk Aimée. Il y a toujours eu Claude Sautet et Romy Schneider dans ma vie, et les films de Claude Lelouch. Ce soir, il est là, à quelques mètres de moi.

Je ne sais pas si je dois le déranger… là maintenant… Mais si je ne le salue pas, je sais que je le regretterai toute ma vie. Il faut que je lui dise combien j'aime ses films. Je veux lui dire, j'en ai besoin, là, maintenant, tout de suite. Je redescends les quelques marches qui me mènent à lui. « Bonsoir, monsieur Lelouch. — Bonsoir, madame. » Sa voix est douce. Son regard attentif à l'autre. « J'adore vos films. Ils ont tellement marqué ma vie. » Je suis comme une enfant. Les mots se succèdent, je n'arrive pas à les contenir. Je veux lui dire mes émotions, celles que je ressens à chacune de ses belles histoires : « Vos films sont la vie, ils font du bien. Merci, monsieur Lelouch… » Il me répond avec cette simplicité chaleureuse : « Ce sont pour des gens comme vous que je fais des films… merci à vous, madame. »

Un homme et une femme… Ce film… C'est la première fois que je rencontre Claude Lelouch et pourtant, ce soir-là, je ressens le besoin irrépressible de lui confier que je viens de perdre mon mari. Je revois cette scène dans la chambre d'hôtel : Anouk Aimée, dans les bras de Trintignant, est submergée par les souvenirs de son mari décédé. Trintignant lui répond : « Mais il est mort, votre mari. » Claude Lelouch m'écoute avec attention.

Ce soir-là, j'ai rencontré Claude Lelouch par un concours de circonstances. J'aurais pu ne pas le voir, j'aurais pu passer mon chemin, mais la rencontre a bien eu lieu. Ce soir-là, le hasard était au rendez-vous et je l'ai saisi au vol.

Quelques jours plus tard, j'ai ressenti l'envie de téléphoner à Claude Lelouch. J'avais réussi à récupérer son numéro. Je voulais lui dire combien j'avais été heureuse de ce moment partagé. J'ai fait défiler la liste des contacts enregistrés sur mon appareil. Claude... Quand « Claude » est apparu sur l'écran, j'ai appuyé par réflexe et c'est ta voix, Claude, qui a répondu. *Mon* Claude. Le répondeur de ton portable s'est déclenché. Ta voix. Chaude. Assurée. Ton souffle. C'est la première fois que je la réécoutais depuis ta mort. J'ai raccroché, bouleversée. Tu étais là. Pas loin. Jamais loin.

J'ai raconté cette anecdote à Claude, l'autre Claude, Lelouch. Il a écouté. Les histoires qu'il imagine dans ses films sont souvent liées au hasard. Quand nous nous sommes revus autour d'un café dans une brasserie parisienne quelques jours plus tard, il m'a parlé de l'importance du chemin, des récits, les plus belles histoires, les livres qui marquent, les films qui touchent. Ce sont finalement ces chemins de passion, de tourments, ces chemins ardus et difficiles qui font ce que nous sommes et qui comptent dans la vie. Claude Lelouch m'a dit que c'était ces moments-là qu'il préférait immortaliser dans ses films. Il a toujours dit que sa scénariste préférée était la vie. En ce moment, je dois dire que la mienne ne manque ni d'imagination ni de rebondissements.

J'ai aimé *Un homme et une femme*, tout de suite. C'était bien avant la mort de mon mari. Aujourd'hui, ce film fait étrangement écho en moi. L'histoire d'un deuil inconsolable. Faire son deuil. Quelle vilaine expression ! On fait la cuisine. On fait les courses. On fait l'amour. Comment voulez-vous faire votre deuil ? Je crois qu'on ne le fait jamais. On parvient à vivre avec. On avance avec nos morts, avec nos fantômes qui nous tiennent chaud. On apprend à leur trouver une place pour accueillir les vivants. Tels les mots de Pierre Barouh dans la chanson de Francis Lai, *À l'ombre de nous* :

À l'ombre de nous
Restera toujours
Au nom de l'amour
Un goût d'éternité
Au nom de notre amour
Une ombre va rester.

Un concours de circonstances

Cette ombre de nous
Combien de soleils
Brûlant notre ciel
Ont dû se concerter
Qu'au nom de ces soleils
Une ombre va rester.

Ces soleils…
Ils sont si chauds
Ils sont si forts
Qu'ils nous brûlent
Et qu'ils nous dévorent
Encore, encore, encore.

Un homme et une femme encore une fois.

Profitons-en !

Ce lundi 4 janvier 2021, je reçois un très joli message de Claude Lelouch sur mon téléphone :

« Quelque chose me dit que 2021 va être une très grande année, alors profitons-en… »

Être là en effet, dans la vie, et savoir la sentir, la saisir tant qu'il est encore temps. J'ai fait le choix de répondre à cette urgence de vie. Il a fallu ce choc et l'expérience de la mort de mon mari pour en prendre conscience.

La mort, cette garce, m'a fait aimer encore davantage et plus intensément cette vie, et plus que jamais. Alors oui, profitons-en… !

En chansons

Depuis que j'ai commencé à écrire ce livre, j'écoute en boucle des chansons. Je peux repasser les mêmes titres plusieurs fois d'affilée toute la journée. Mes enfants sont d'une patience... Je crois qu'ils connaissent toutes ces musiques. D'ailleurs, celle qui m'accompagne à l'instant, c'est ma fille qui me l'a fait découvrir :

Il y a celle que l'on écoute comme une vieille amie d'enfance [...]
Il y a celle qui nous rappelle la bouche de l'inconnu [...]
Il y a celle qui rappelle aux amoureux qui oublient
Qu'ils se sont aimés si fort, qu'ils s'en sont même dit « oui ».

Le titre de celle-ci ne s'invente pas : *Les Mêmes Chansons*. L'auteur-interprète se prénomme Janie. Ce morceau a bouleversé ma fille. Moi aussi, émue, touchée là où ça résonne fort. À la maison, on l'écoute sans cesse :

Et il y a celle qui résonne dans les cœurs abîmés
Comme un « au revoir » à un père parti trop tôt de l'autre côté [...]
C'est sur les mêmes chansons qu'on vit qu'on rêve et qu'on vieillit
C'est sur les mêmes chansons qu'on danse sur les faubourgs la nuit
Et parce qu'on est tous frères le temps d'une mélodie
C'est sur les mêmes chansons que l'on écrit nos vies.

Oui, ces chansons nous ressemblent et nous rassemblent, car chacun de leurs mots et de leurs refrains raconte toujours la même histoire, la nôtre, l'essentiel de nos vies, l'amour, la mort.

À l'hôpital, j'ai apporté un lecteur de CD à Claude. Je pense que j'aurais aimé entendre de la musique si j'avais été là. J'avais surtout envie de couvrir le son effrayant des alarmes des machines pour que Claude les oublie, qu'il ne les entende plus, pour que ce cauchemar s'arrête enfin. Je me suis dit qu'il te fallait de l'harmonie, des notes de musique, de piano, de guitare, des mélodies pour t'accompagner et te réchauffer un peu. Je t'ai fait écouter la voix de Johnny Hallyday que tu aimes tant. Tu te souviens, on avait suivi ensemble son enterrement deux ans plus tôt à la télévision. On avait tous les deux pensé à la même chose, je crois : une répétition… Nos enfants à côté du cercueil. Les fleurs et la musique. Tu m'avais dit alors : « Je peux tenir plus longtemps, je veux tenir plus longtemps, pour Mathilda, Esteban et toi. »

Claude, *je te promets* que je prendrai soin de nos enfants et que nous continuerons à vivre debout, passionnés et dignes comme tu l'as été jusqu'au bout. Cette chanson de Johnny Hallyday était ta préférée. Elle nous a accompagnés à la mairie pour notre mariage. Elle sera là aussi à tes obsèques. À l'hôpital, je t'ai fait écouter également le dernier album de Stephan Eicher :

Si tu veux que je chante [...] ne me crois pas si fort, ne me crois pas si faible
Que je puisse accepter la brûlure et le froid
Sans perdre le sourire, sans perdre la voix…

Sois certain, Claude, qu'il ne me quittera jamais, ce sourire. Il est le soleil qui brille derrière mes nuages, il est là qui affleure toujours plus fort derrière la brume. Je t'ai fait entendre enfin la voix écorchée, pleine et tragique d'Amy Winehouse que tu adores et qui évoque dans l'une de ses chansons sa cure de désintoxication. Elle répète ce lancinant et jazzy « *No… No… No…* », car non, elle n'ira pas en désintox, elle sait qu'il ne lui reste que très peu de temps à vivre à elle aussi. On a écouté tout ça entre la morphine, le respirateur artificiel et la visite des infirmières quand l'alarme des machines se déclenchait. As-tu entendu toutes ces chansons ?

On t'a enterré en musique avec les titres préférés des enfants, les tiens, les miens. Mathilda et Esteban ont eux-mêmes préparé la playlist pour le cimetière. On t'a célébré en musique avec Léo Ferré, des chants corses, Grand Corps malade, Nougaro, Delpech, entre Gims et Lomepal, Tom Waits, Coldplay, Vincent Delerm, Jean-Louis Aubert, Adele, Louis Armstrong, Jean-Jacques Goldman, Vianney, la Callas, Jeff Buckley, Leonard Cohen, Damien Rice, Alain Bashung, Michel Polnareff qui t'a réservé une chouette place avec tout le monde au paradis…

Mais celle qui nous résume le mieux, qui est toi et moi, notre chanson, celle que je voulais entendre parmi toutes le jour de ton enterrement, c'est celle de Brel, *La Chanson des vieux amants* parce que :

Vingt ans d'amour c'est l'amour fol [...]
Mon doux, mon tendre, mon merveilleux amour [...]
Mille fois, tu pris ton bagage
Mille fois, je pris mon envol, [...]
Moi, je sais tous tes sortilèges
Tu sais tous mes envoûtements
Tu m'as gardé de piège en piège
Je t'ai perdue de temps en temps
Bien sûr, tu pris quelques amants
Il fallait bien passer le temps
Il faut bien que le corps exulte

Mais finalement, finalement
Il nous fallut bien du talent
Pour être vieux sans être adultes...

Ce sont ces mots que je voulais entendre dans la petite église de Ville-d'Avray, juste en face du collège des enfants...

Mais mon amour
Mon doux, mon tendre, mon merveilleux amour
De l'aube claire jusqu'à la fin du jour
Je t'aime encore, tu sais, je t'aime

et la voix de Brel, à défaut de la tienne qui s'est tue.

Les Moulins de mon cœur

La vie est là, avec nous et devant nous. Et l'amour aussi.

Je savoure ce frisson nouveau qui me traverse et monte en moi depuis quelques jours, de la tête aux pieds, dans tout mon être, comme un doux matin de printemps riche de promesses. « *I love you to the moon and back.* » J'ai toujours adoré cette expression. En français, ça veut dire « je t'aime à la folie », mais je préfère la traduire comme ça, mot à mot : « Je t'aime autant que le chemin aller-retour vers la Lune. » J'aime ces mots parce qu'ils traduisent parfaitement les sentiments qui me traversent depuis quelque temps et que je suis désormais prête à vivre. J'ai aimé Claude jusqu'à la Lune et aujourd'hui je ressens le désir de continuer ce voyage retour auprès d'un nouvel homme…

Comme une pierre que l'on jette
Dans l'eau vive d'un ruisseau
Et qui laisse derrière elle

Des milliers de ronds dans l'eau
Comme un manège de lune
Avec ses chevaux d'étoiles
Comme un anneau de Saturne
Un ballon de carnaval
Comme le chemin de ronde
Que font sans cesse les heures
Le voyage autour du monde
D'un tournesol dans sa fleur...

Vous les reconnaissez, ces notes qui s'échappent du piano de Michel Legrand... ? Je les fredonne depuis si longtemps, ces paroles ! Depuis que je suis petite dans ma chambre d'enfant. Mes amis d'école préfèrent la musique à la mode à la radio. Moi, c'est Brel, Reggiani, Ferré, Cabrel, Goldman, Nougaro... et Brassens avec mon père qui connaît tout son répertoire. Le *Requiem* de Mozart aussi et du jazz. Il y a trente ans, nous sommes allés tous les deux, papa et moi, applaudir Ray Charles et Fats Domino au festival d'Antibes-Juan-les-Pins, sous la pinède. Au soleil couchant, face à la mer. Un père et sa fille.

Aujourd'hui...

Tu fais tourner de ton nom
Tous les moulins de mon cœur.

Cette chanson, je pensais être la seule à l'aimer autant, en boucle. Je découvre que lui aussi l'écoute, depuis longtemps, cet homme, mon homme. Lui aussi se cache un peu pour la chanter. C'est ce qu'il m'a dit quand on s'est embrassés. Depuis, on rit ensemble quand on l'entend… les « moulins de [nos] cœur[s] ».

« Le hasard a décidément du talent », encore une réplique glanée dans un film de Lelouch.

L'impérieuse nécessité d'aimer

Est-il possible d'aimer un autre homme que toi ? Peut-on aimer encore après toi ? Combien faut-il de temps pour s'autoriser à aimer à nouveau ? Ces questions ont bousculé mes journées, réveillé mes nuits. Je les ai tournées dans tous les sens. Elles ont pris beaucoup de place dans ma tête, ont résonné fort dans mon corps. Chaque fois, j'ai fini par les repousser d'un revers méprisant de la main. Pas de question, pas de réponse. Pas pour moi. Je n'ai pas le droit. Claude sera toujours là. Il ne comprendrait pas. J'aurais l'impression de le trahir, de le tromper, de l'oublier. Chaque fois ces questions sont revenues, sans prévenir. Claude me manque. Mais il est mort, Claude ! Alors pourquoi ces questions ? D'où viennent-elles ? Qui me les pose ? La convenance ? Le jugement des autres ? La moralité ? La société ? Moi seule ? De quoi ai-je peur ? Du regard de mes enfants ? De l'insoutenable pensée de les faire souffrir encore davantage en leur donnant l'impression d'avoir remplacé leur papa ?

Sans doute aurait-il été plus facile d'en parler avec Claude avant de mourir, comme on prépare un testament… Aurais-je encouragé moi-même mon mari à aimer encore et à nouveau après ma propre mort ? Aurais-je eu la force et le courage de me projeter dans sa vie d'après en sachant que je n'y serais plus jamais, que je ne serais plus cette femme entre ses bras ? Lui aurais-je accordé le droit d'aimer à nouveau et de vivre avec elle auprès de nos enfants ? Pas de question, pas de réponse.

Quarante-six ans. Veuve. Deux enfants. Deux alliances à l'annulaire gauche. Max, le chat, qui dort sur le canapé. Et cette peur au ventre de vieillir toute seule qui ne me quitte plus. Je me réveille la nuit avec ces deux oreillers dans un lit trop grand. Je revois le visage de Claude dissimulé sous son masque à oxygène. Qui veillera sur moi quand je serai une vieille dame et que je n'aurai plus que quelques heures à vivre ? Pourquoi n'y a-t-il personne à mes côtés ? Personne à enlacer, à embrasser, à aimer ? Mon complément d'âme, mon double sensoriel ? Je t'aime Claude mais je pense à lui, à ce nouvel homme dans ma vie dont je suis en train de tomber amoureuse. J'en crève de ne pouvoir me blottir dans ses bras, de m'abandonner et de sentir la vie me traverser. À l'intérieur, mon corps explose. Je me sens prisonnière de moi-même. Je suis ma meilleure ennemie, celle qui verrouille mon corps et ma tête dans les souvenirs de la maladie et de la mort comme seul gage de fidélité. Pleurer, sentir l'absence pour s'assurer de ne pas oublier la vie d'avant. S'obstiner à vouloir être la femme qu'on a été avant l'orage, l'épouse de Claude. Claquemurée dans ma peur d'affronter la vie d'après. Il y a quoi après toi ? Y a-t-il une vie sans toi ?

J'ai fini par trancher. Aussi simplement que ça. Par un matin qui ne prévient pas, je me suis regardée en face. Je ne veux plus avoir peur. Je veux vaincre cette peur. En finir avec elle. On redoute de mourir mais on n'a pas le droit d'avoir peur de vivre, de rire, d'aimer. J'ai compris que souffrir ne ferait revenir ni Claude ni la femme que j'étais avant. Cette femme-là, je la garde au chaud, délicatement déposée dans un petit coin de mon être.

Le moment est arrivé. Il faut que je laisse déferler en moi cette vague de vie sans chercher ni à la contrôler ni à la nier. Elle seule va me conduire vers celle que je suis en train de découvrir, de devenir, d'apprivoiser. Ni tout à fait la même ni tout à fait une autre. Une femme après l'orage, avec la rage de tout réapprendre, la peau, la main, le parfum, la chaleur, les mots d'amour d'un homme qu'elle connaît si peu. Pourtant, il me manque déjà quand il est loin de moi. Il me semble si familier, si proche. Je reconnais cet homme. Je l'aime sans détour, sans me mentir, sans savoir s'il est trop tôt, pas suffisamment tard, cet homme auprès duquel je n'ai plus peur de vieillir. Le sens de la vie qui va et continue.

Il n'existe aucun mode d'emploi pour affronter la maladie, aucune explication pour traverser la mort parce qu'il n'y a aucun sens à perdre son mari, aucune règle pour y survivre, aucun calendrier pour surmonter la détresse, le chagrin, la douleur. Ça ne se compte ni en jours, ni en mois, ni en années. Une cicatrice ne disparaît jamais. Elle est votre nouvelle carte d'identité. Votre ADN. Mon sang, mes larmes. À moi et à personne d'autre.

Je ne connais pas ce nouveau chemin. Je le débroussaille chaque matin. Un pied devant l'autre entre sous-bois et clairière. Je cherche toujours le rayon de soleil qui arrive à percer dans la forêt. Puis un jour se dessine l'arc-en-ciel.

Quelques semaines après la mort de Claude, j'ai reçu au courrier du matin un livre au titre que je trouve doux et juste, *L'Année de la pensée magique* de Joan Didion. Une histoire de journaliste qui perd son mari journaliste d'une crise cardiaque foudroyante. Il m'a été envoyé par Maïa. Nous avons suivi la même formation toutes les deux à l'École de journalisme de Lille entre 1999 et 2001. On ne s'était jamais revues depuis, jamais reparlé. Quand Maïa a appris la mort de Claude, elle a eu la délicatesse de me contacter. Elle aussi avait perdu son fiancé quelques années auparavant. Elle a accompagné son envoi de ces quelques mots : « Tu as le droit d'avancer selon tes propres termes, Dominique, sans que la compassion ne devienne une pression. » Comme cette phrase m'a fait du bien ! Comme ce livre est beau ! La compassion, je déteste ce mot. Je n'ai pas besoin de pitié, je refuse que l'on s'apitoie sur mon sort. Je marche et j'écoute les battements de mon cœur taper et résonner dans mon corps. Merci, Maïa, pour cette transmission d'âme. Chaque expérience de la mort est unique et personnelle. Chacun la traverse comme il peut, à son rythme. Cette année écoulée est pour moi aussi celle « de la pensée magique », quand on veut y croire encore très fort, envers et contre tout, à cette vie nouvelle qui s'offre à soi, à cet amour d'une telle évidence qui vous tend les bras et que vous allez enlacer de toutes vos forces.

Aujourd'hui, j'ai enfin accepté de croire en moi, de m'aimer, tout entière. Chaque jour, j'ai de moins en moins peur, et j'accueille l'impérieuse nécessité d'aimer.

Le début du reste de ma vie

Il fait doux, un vendredi soir de printemps précoce quand l'hiver n'est pas encore tout à fait terminé. Nous sommes dans le jardin, Mathilda et moi. Quelques bourgeons sont déjà visibles sur les branches des arbres. Nous écoutons de la musique. « Tu ne te sens pas trop seule, maman ? »

Ses mots cognent dans ma tête, bousculent mon corps dans un chavirement de douceur, d'amour et d'affection dont seul un enfant a le secret. Directe, entière, authentique. D'une incroyable maturité. La question d'une fille qui attend la confirmation de ce qu'elle sait déjà auprès de sa mère.

« Je ne suis pas seule puisque vous êtes là tous les deux auprès de moi, les amours de ma vie. Notre famille est là, mes parents, nos amis aussi. » Je souris en lui répondant… « Ce n'est pas de ça dont je te parle, maman. »

On ne ment pas à son enfant, surtout quand celui-ci est en train de vous ouvrir les bras et de vous encourager à vivre et à aimer. À être mère et femme au grand jour. Ce soir-là, j'ai compris que ma petite fille devenue adolescente m'avait en quelque sorte accordé son droit d'aimer encore et à nouveau de la plus belle et naturelle des manières. Je pouvais m'autoriser à aimer pleinement, complètement et à accueillir ce nouvel amour. « Oui, mon amour, ta maman a le cœur qui bat fort à nouveau depuis quelques jours, et que c'est bon ! » Si vous aviez vu le sourire éclatant de Mathilda ce soir-là, si vous aviez vu ses yeux mutins, inquisiteurs, joueurs, plonger dans les miens. Puis elle a marqué un temps comme si elle voulait que je sache qu'elle aussi, ma fille, était devenue une jeune femme capable de comprendre et de partager le bonheur retrouvé de sa maman auprès d'un autre homme que son papa. J'ai cru un instant qu'elle allait me demander son prénom. Pas ce soir-là. Le moment était parfait ainsi.

Quand j'ai annoncé à mon fils Esteban que j'étais amoureuse, il a éclaté de rire. Je revois encore son visage solaire et délicieusement insolent : « Parce que tu crois que je ne m'en suis pas rendu compte, maman ? » La pudeur d'un fils. « C'est ta vie, maman, c'est bien. On mange quoi ce soir ? » Pas un mot de plus, pas un jugement, pas d'autres questions ce jour-là. L'amour d'un fils à l'état brut. Esteban ressemble de plus en plus à son papa. Une expression dans le regard, un geste de la main, sa voix de plus en plus grave comme celle de Claude. Quand je le lui fais remarquer, il sourit. Il le sait, il en est fier, il peut l'être. Mon petit homme devenu grand.

Tu sais, Claude, nos enfants ont sans doute déjà trop souffert pour leur âge, ils ont sans doute grandi plus vite que d'autres, mais je suis certaine d'une chose, ils ont déjà saisi l'essentiel de la vie, le droit d'aimer.

Quant à moi, je sais aujourd'hui que je peux mourir demain. Vérifiez auprès de ceux que j'aime, ils vous diront qu'il ne se passe pas une journée sans que je la prononce, cette phrase : on peut mourir demain ! Ça les fait rire, mais ils savent surtout que ce n'est pas une posture. Ils le savent, je l'ai vue, cette mort, tout détruire sur son passage et sur le nôtre. Alors hâtons-nous de vivre et d'aimer, de marcher ; de sentir, de ressentir l'évidence et de la saisir à pleines mains.

J'aime le poème de Marguerite Yourcenar, « Vous ne saurez jamais ». Je l'ai fait imprimer sur les faire-part de décès que j'ai envoyés à nos familles, à nos amis. Et plus précisément ces quelques vers :

Vous ne saurez jamais que votre âme voyage
Comme au fond de mon cœur un doux cœur adopté ;
Et que rien, ni le temps, d'autres amours, ni l'âge,
N'empêcheront jamais que vous ayez été. [...]
Qu'un peu de votre voix a passé dans mon chant. [...]
Et vous vivez un peu puisque je vous survis.

Écouter cette évidence au fond de soi, celle qui fait sourire, fait du bien, encourage, protège et fait vibrer.

Il y a de la place pour aimer, comme quand une mère s'apprête à accueillir un nouvel enfant et se demande naïvement si elle pourra l'aimer autant que le premier. L'amour est insatiable et se démultiplie. Le privilège de l'amour, le sens du début du reste de ma vie, est auprès de Mathilda et d'Esteban, de mon nouvel homme… et de notre fantôme à jamais.

JF

Vous ne saurez de lui que ses initiales. Par pudeur, par respect pour mon homme. Mon nouvel amoureux, dans l'ombre, qui éclaire mes jours et mes nuits désormais.

Il en faut de la patience, de la douceur, de la compréhension, de la force et de l'intelligence pour trouver sa place dans une famille amputée de l'un des siens et accueillir mon fantôme comme tu le fais.

Il en faut de l'élégance, de la délicatesse, de la discrétion, de la finesse et de l'intuition pour réussir à soulager nos cœurs endeuillés et les faire battre d'un nouveau tempo, sans offense, sans précipitation, sans compassion inutile.

Il t'a fallu apprendre à naviguer sur notre vague des souvenirs, celle qui isole, qui cloisonne, qui met à l'écart celui qui n'a pas été de ce passé-là de peur qu'il n'efface l'image de l'autre.

Il t'a fallu écouter notre douleur, nos silences, nos larmes et nos cauchemars pour dessiner un arc-en-ciel sur nos matins après l'orage, soigner nos peurs et nos angoisses par l'espoir de jours nouveaux.

Grâce à toi, j'ai appris à vivre avec le chagrin de l'absence. Ta joie de vivre, ton humour, ta sérénité, ton calme à toute épreuve m'ont permis de comprendre qu'il était inutile de résister à la vague. Je devais me laisser porter par la force du souvenir parce que Claude a été, est et sera toujours à nos côtés. Il est notre passé et notre souvenir. Il reste notre présent et fera toujours partie de nous. Mais Claude est mort. Il n'est plus de chair et d'os. Il est le papa de Mathilda et Esteban, mon mari à l'état civil, mais plus jamais je ne l'embrasserai, plus jamais je ne l'enlacerai. On ne fait pas l'amour à un fantôme.

Merci d'être en vie. Elle est faite pour aimer, pour danser, pour chanter, pour rire et partager cette vie tant que nos cœurs battent.

Alors aimons tant qu'il est encore temps. Tel est le plus bel hommage que l'on puisse rendre à ceux qui ne sont plus et qui auraient tellement voulu la poursuivre, cette vie.

Ils sont beaux, les arcs-en-ciel dans tes bras. Mon amour.

Les malles du Limousin

Un nouveau printemps arrive. Nous sommes dans le Limousin, tous les quatre. Les enfants, mon amoureux et moi. La maison est belle, perdue dans les champs. Les vaches nous regardent au loin. Leurs robes couleur sable. De vraies limousines. J'ai ouvert la fenêtre de la salle de bains. Le soleil inonde la pièce et nos visages. La voix de Louis Chedid en fond sonore rappelle « qu'on ne dit jamais assez aux gens qu'on aime qu'on les aime ». Moi, je le dis tout le temps.

Les vêtements de Claude sont entreposés dans de gros sacs, dans l'une des chambres de l'autre côté du couloir. Je n'avais pas pu les toucher depuis sa mort. Ils étaient restés à leur place bien au chaud dans le placard depuis un an. C'est fou comme une paire de chaussettes, un caleçon, une chemise peuvent bouleverser l'instant et vous propulser dans un souvenir. Rien de tel qu'un joli manteau gris pour faire revivre un soir de restaurant.

Quand quelqu'un meurt, que faire de tout ça ? D'un tee-shirt qui porte encore son odeur, d'une écharpe imprégnée de son parfum, de sa paire de lunettes qui épousait les traits de son visage, de son jean préféré, de ses vieilles baskets qu'il n'a jamais voulu jeter, de son sac à dos et de ses petits trésors, des photos de nous dans son portefeuille...

Retarder le moment pour ne pas se poser la question. Laisser en l'état pour faire comme si de rien n'était. Comme s'il allait revenir. Comme s'il n'était pas mort. Et sentir encore son parfum, une dernière fois, surtout les soirs où l'on a besoin de cette bouffée de vie dans tout le corps.

Et puis un jour, rentrer dans la chambre, ouvrir la porte de l'armoire, prendre un sac et décrocher l'un après l'autre chaque vêtement de son cintre. Plier délicatement les étoffes pour ne pas les froisser et les ranger comme on prépare sa valise pour les vacances.

Je n'ai rien jeté. J'ai tout gardé. Les enfants ont choisi quelques vêtements qu'ils mettent très souvent. C'est joli.

Aujourd'hui, les affaires de Claude sont rangées précieusement dans deux grandes malles en métal noir dans une belle maison du Limousin. Personne d'autre n'aurait pu les porter. J'aime les savoir là-bas. À l'abri.

Près de nous quatre.

En vacances. Les grandes vacances. C'étaient nos préférées.

Je serre très fort JF dans mes bras. Le soleil couchant enveloppe le jardin d'un voile rouge et or. Pour rien au monde je ne voudrais être ailleurs qu'ici, là, maintenant.

Merci

À mon éditrice, Valérie Dumeige, sans qui ces mots ne seraient jamais sortis au grand jour. Merci, Valérie, d'avoir su les entendre, les ressentir, les comprendre, les partager et les aimer autant que moi. Merci pour ta confiance. Merci à toi, ma chère Michèle, d'avoir permis cette rencontre. Les chemins de la vie.

Merci à mes enfants, Mathilda et Esteban, nos deux trésors, les amours de ma vie, mon équipée fantastique. Vous avez toujours été et demeurez les soleils sur mon chemin. Mes lumières éclatantes.

Merci à toi, JF, mon amour et le début du reste de ma vie, celle d'après l'orage et des arcs-en-ciel éclatants.

Merci à mes parents admirables qui m'ont transmis la force et l'énergie d'aimer chaque seconde de cette existence envers et contre tout. Vous m'avez offert la vie et l'amour tel un flambeau précieux qui ne s'éteint pas et se transmet. Je vous aime, tellement, infiniment.

Merci à mon frère Emmanuel. Je sais que tu es là tout le temps, tout près de moi, même à des milliers de kilomètres. Un tendre merci à vous deux, Mélanie et Pauline.

Merci à vous, chers Camille et Imanol, merci à Josy et Marco pour votre accueil affectueux.

Merci à toi ma Claire, mon amie, ma sœur. Je vous souhaite de connaître un jour dans cette existence cette complicité d'âme. Cet amour-là, celui qui réchauffe quand il fait froid, qui apaise et rend la vie toujours plus belle. Merci à Fred, Alexis et Aurélien.

Merci à toi, ma Cath, pour ta présence fidèle, ta douceur, ta bienveillance et cette lumière de Zuydcoote qui m'a fait tant de bien dans ce long hiver. Merci à Éric aussi et à ma famille du Nord. Merci à Philippe et Marie-Édith, présents à nos côtés.

Merci cher Philippe, évidemment. Je sais que tu détestes quand je te remercie. Mais je ne te le répéterai jamais assez : MERCI de m'avoir accompagnée dans ce long tunnel. Merci de ne jamais m'avoir menti. Merci d'être resté auprès de nous dans le train de la vie.

Merci à vous tous mes chers amis, Julie et Étienne, Caro et Paul, ma Chantou et sa grandeur d'âme, Martine, Sam, Samah, Mossi et Michal, Sandrine, Pascale, Agnès, Gwen et Fred, Servane, Laurie, Régis, Richard, Henri, Christelle, Soizic, Jude, Bunny et Pippa, Catherine et Hugues, Valentine, Michèle, Louisa, Célia et Pascal, Patricia et Pascal, Stéphanie et Christophe, Heidi et Victor, Manuela,

Évelyne. Vous qui avez toujours été là, de jour comme de nuit, auprès de notre famille.

Merci à vous, chère Émilie Baup. Vous avez trouvé les mots pour permettre aux miens de sortir enfin. Vous n'avez jamais refermé votre porte ni éteint votre téléphone. Vous avez eu la patience de m'apaiser et de me comprendre sans jugement et avec une très grande humanité et intelligence. Vous m'avez donné le courage d'aller fouiller tout au fond et d'apprendre la bienveillance envers moi-même. Ce n'était pas gagné ! Je vous dois beaucoup, le goût de cette vie retrouvée.

Merci à toi, mon JP, d'avoir toujours cru en moi. Merci pour ces merveilleuses années de complicité, de joie, d'affection et de confiance qui m'ont portée. Merci d'être là. J'ai beaucoup de chance d'avoir croisé ton chemin et d'avoir grandi auprès de toi.

Merci, ma chère Mona, pour ton amitié et ce don que tu as d'embellir la vie avec ton sourire et ta générosité.

Merci à vous, cher Claude Lelouch, pour cette série de jolis et heureux hasards qui font la vie douce, belle et pleine de surprises. Merci pour notre rencontre, votre optimisme et votre amour de la vie.

Merci fort à toute l'équipe éducative et médicale du collège La Fontaine-du-Roy à Sèvres pour son professionnalisme et son écoute sans faille.

Merci à vous deux, Armand Chouchana et Sonia, d'avoir veillé sur nos trésors comme sur vos propres enfants.

Merci à Marc, Bénédicte et Dominique pour leur accueil, leur compréhension, leur douceur et leur présence lumineuse dans cette longue nuit.

Merci beaucoup à Christian et Stéphane qui se reconnaîtront. Vous avez tant soulagé mon quotidien.

Merci... à vous tous d'être restés à nos côtés malgré la souffrance, le désespoir et les larmes. Merci pour votre amour, votre amitié, votre fidélité indispensables pour cette merveilleuse renaissance.

Un dernier mot

Samedi 16 septembre 2017, 8 h 20.

La lumière tombe dans le jardin avec les rayons du soleil qui vient de se lever. Il y a encore des pommes dans les arbres. La petite table rouge brille au fond. Je pleure. Je serre ma tête dans mes mains. Je regarde le jardin pour essayer de m'apaiser. C'est difficile. Depuis quelques jours, j'ai mal au ventre. C'est nouveau. Et comme à chaque nouveauté, ça m'inquiète. Effet de la chimio ou progression de la maladie, du monstre que j'ai en moi ? J'ai peur. Terriblement peur. Je sens mes forces diminuer. Je ne sais pas si je pourrai aller au marché tout à l'heure, préparer le repas. La maison dort encore. Do est là, tout près. Les enfants en bas. Je ne veux pas mourir. Je ne veux pas partir. Je VEUX continuer à partager LA VIE AVEC LES MIENS. Pourquoi ça devrait s'arrêter ? Qu'est-ce que j'ai fait pour mériter cela ? Qu'est-ce que mes enfants ont fait ? Qu'est-ce que ma femme a fait ? Ce n'est pas juste. Pourquoi doit-on se retrouver dans cet enfer ? Pourquoi ? Ma mère avait quarante-trois ans quand elle est décédée d'un cancer. Quarante-trois ans. J'en avais vingt. J'étais à Sciences Po. Là, je vais avoir cinquante-trois ans dans quelques jours. Ma mère est partie très jeune, mais ses enfants (mes frères et moi), on était déjà grands. Mathilda a douze ans. Esteban, neuf ans. Pourquoi n'auraient-ils pas le droit d'avoir un PAPA AU MOINS JUSQU'À L'ÂGE DE VINGT ANS ? POURQUOI ?

Le soleil perce toujours à travers les branches dans le jardin. J'entends Maxou, notre chat, qui fait du bruit en bas. Il veut sortir. Il faut que je lui ouvre la porte-fenêtre. Je pleure, car je n'accepte pas. Je ne comprends pas pourquoi je devrais laisser les miens ?

Cette lettre a été écrite par Claude, deux ans et deux mois avant sa mort. Je l'ai découverte dans l'un de ses nombreux cahiers.

Si jamais tu lis ce livre un jour, Claude, où que tu sois, ces mots sont pour toi :

Vendredi 12 février 2021, 10 h 50.

Mon amour, tu ne verras plus jamais grandir tes enfants, mais je voulais te donner quelques nouvelles d'eux. Je peux te dire qu'ils ont déjà beaucoup changé. Ils ont quinze ans et treize ans aujourd'hui. Ils sont encore plus beaux et admirables. Leur dernier bulletin scolaire est exceptionnel. Ils ont un caractère bien trempé. Les chiens ne font pas des chats. Ils sont drôles, vifs, insolents comme le sont des adolescents qui ont toute la vie devant eux et la rage d'en profiter. Mathilda continue l'escalade et le surf. Esteban est passionné de trottinette et de roller freestyle et il se débrouille déjà très bien. Ils sont notre amour, ils sont sensibles, ils sont bienveillants. Ils vont eux aussi tomber amoureux un jour. Ils sont nous. Je te promets de veiller sur eux toute ma vie et de toutes mes forces, de les aimer pour nous deux, de les rendre heureux et forts, amoureux et vivants, attentifs aux autres et curieux. Tu as déjà vu un aperçu du meilleur d'eux, car tu leur as donné le meilleur de toi. Ne t'inquiète pas, j'ai de la ressource et tu peux compter sur moi pour que ta mémoire et ton amour continuent d'éclairer leur chemin.

Je veille, Claude, telle est ma promesse. Je t'aime. Repose en paix.

Do.

P.-S. : Max va bien. Il continue de chasser les papillons dans le jardin.
Elle est pas belle, la vie ?

Annexes

Communiqué présidentiel

Palais de l'Élysée,
dimanche 1er décembre 2019

Claude Sempere, l'une des hautes figures du grand reportage français, nous a quittés.

Ce journaliste qui officiait depuis près de trente ans pour le journal télévisé de France 2 et pour son émission « Envoyé spécial » était un héritier de l'esprit « Cinq colonnes à la une », l'émission qui avait institué le magazine de grands reportages à la télévision française.

Les voix de ses collègues n'en formaient plus qu'une hier pour saluer sa rectitude morale, la rigueur de ses investigations, la précision de ses commentaires, mais aussi l'immense empathie avec laquelle il interrogeait les femmes et les hommes qui étaient les victimes, les témoins ou les héros des événements souvent tragiques qu'il avait la charge de rapporter à ses concitoyens.

Lui qui fut si souvent dépêché sur les théâtres de grandes catastrophes ne s'était jamais départi de sa sensibilité face à leurs cortèges de drames humains. Ses confrères se rappellent tous ce direct, au lendemain de la tragédie de Furiani, où l'effondrement d'une tribune du stade coûta la vie de dix-huit personnes et en blessa plus de deux mille autres. Sur place au moment des faits, il en faisait le récit avec le même souci de précision qu'il mettait à toute chose, mais eut bientôt les yeux embués de larmes et la voix étranglée par l'émotion.

Ses talents d'investigation et d'écriture lui venaient en partie de cette forme suprême d'attention aux autres, d'écoute, de compassion qu'on appelle l'humanité. C'était l'élan premier de son travail. Ces qualités lui valurent d'être couronné du prestigieux prix Albert-Londres en 1997 pour un reportage sur la Corse, l'un de ses sujets d'expertise.

Ce grand reporter a arpenté le monde entier pour informer les Français, jusque dans ses confins les plus écartés, jusque dans ses zones de conflit les plus dangereuses, mais il ne réservait pas exclusivement ses grands formats au lointain ou au terrible : il savait que le grand reportage se trouve aussi au coin de la rue. Il aimait y braquer une caméra et y tendre un micro, très conscient que ce que nous croyons familier est souvent méconnu, et que le proche, le quotidien fourmille en réalité d'objets de curiosité et de sujets d'étonnement qu'une forme de myopie au réel offusque souvent. Il avait été si reconnaissant à Marcel Trillat d'avoir guidé ses premiers pas télévisuels qu'il se distinguait également par ce souci constant de distiller ses trucs et astuces aux journalistes débutants, leur donnant entre autres ce conseil qu'il appliquait toujours à lui-même de soigner ses accroches et ses chutes comme ces grands artistes qui mettent toujours un soin particulier dans leurs entrées et leurs sorties de scène. Il avait la passion de l'ouvrage bien fait, du mot bien choisi, de l'angle bien trouvé, de la formule patiemment ciselée. Mais surtout, il exerçait son métier comme on remplit une mission ou un devoir, ayant conservé intacte, toute sa carrière, cette haute conscience de la tâche démocratique qui lui incombait.

Le président de la République salue le parcours de cet homme qui, au fil de ses reportages, était devenu une figure familière et l'une des grandes voix des informations françaises. Il adresse ses condoléances respectueuses à sa famille, à ses proches et à tous ses collègues.

Témoignages à l'église

Mossi Armon, le meilleur ami de Claude, journaliste grand reporter, cameraman et photographe

J'ai rencontré Claude autour de l'année 2000, quand il est venu à Jérusalem couvrir la deuxième Intifada qui venait d'éclater… et il y a eu immédiatement une rencontre entre nous. Il était très différent des autres journalistes avec qui j'avais l'habitude de travailler. Il avait une forte empathie et une forte sensibilité envers les êtres humains, c'était sa qualité, mais c'était aussi sa faiblesse. D'un côté, il avait cette capacité à se connecter aux gens et à ressentir leur peine. Mais le revers de tout cela, c'est que ça le touchait profondément juste à l'endroit où ça fait mal. Les journalistes deviennent vite cyniques, c'est leur manière de se protéger. Ça n'était pas le cas de Claude. Je pense qu'avoir été exposé personnellement à la maladie et à la mort de sa mère quand il était jeune a façonné son caractère très intensément.

Et puis il y a eu la rencontre avec Dominique et leur mariage, beau et émouvant en Bourgogne. Claude pleurait littéralement de joie, il n'arrivait pas à contenir son flot d'émotions.

La famille, Dominique, Mathilda et Esteban sont devenus la mission de sa vie. Il était si fier d'eux et il me racontait souvent leur réussite à chacun. Il me disait combien tous trois étaient magnifiques et rares. Sa préoccupation principale pendant son combat pour vivre a été de régler tous les problèmes matériels pour assurer à sa famille un avenir serein.

Claude ne souffre plus. Il est mort entouré d'un amour immense à ses côtés. Maintenant, il reste les souvenirs.

Repose en paix, cher et précieux ami.

Samuel Bernès, ami de Claude,
délégué militaire départemental
adjoint du Val-de-Marne

Mon ami, mon Claude… Je t'aime pour ce que tu m'as appris, l'exigence, la parole donnée, l'importance de savoir sortir à tout prix de sa zone de confort pour s'améliorer… Merci de tout mon cœur pour cette indéfectible amitié. Je ne sais pas si j'en ai été digne, mais sache qu'en déposant un baiser sur ta main, un triste dimanche après-midi à l'hôpital Georges-Pompidou, je ne faisais qu'y déposer mon cœur.

Je n'ai aucune leçon à donner à qui que ce soit, mais si l'armée n'oublie jamais les parents, les frères, les sœurs de ses enfants qui sont tombés, je ne doute pas une seule seconde que tout en ayant une pensée pour Claude, vous saurez également soutenir sa si chère épouse Dominique et ses si chers enfants Mathilda et Esteban.

Voilà, mon Claude, un jour nous passerons tous du monde visible à l'invisible. Lorsque ce sera mon tour de te rejoindre, dans le double fond de ma valise, j'emporterai une fiole de gin, du Schweppes et quelques rondelles de citron… Je veux pouvoir, comme nous le faisons toujours, trinquer avec toi en répétant cette phrase qui a accompagné ces dix années : « À notre amitié, mon ami. Je t'aime et à tout à l'heure, mon Claude. »

Paul Nahon, journaliste
et créateur du magazine
« Envoyé spécial »

Chers Dominique, Mathilda et Esteban, oui, vous pouvez être fiers de votre mari, de votre père. La passion dévorante pour ce métier, sa détermination sans faille et son désir d'apprendre et toujours aux autres, forçaient notre admiration. Bernard Benyamin et moi, nous étions devenus un peu ses grands frères. Je ne sais pas pourquoi… Il avait son caractère bien trempé. J'allais dire, très trempé. Nous avions aussi le nôtre, d'où des discussions enflammées sur la marche du monde. On l'a vu, l'Afghanistan, la Syrie, le Liban, mais aussi la Corse récompensée par le prix Albert-Londres. Claude avait démontré en images entre autres comment les bergers de l'île de Beauté trompaient depuis toujours les inspecteurs de Bruxelles venus compter les têtes de bétail. Autre reportage au Cambodge pendant ces opérations cardiaques pour ces enfants du bout du monde. Cette histoire avait tellement ému les téléspectateurs que des milliers de dons avaient afflué ; ce qui a permis, grâce à Claude et à son équipe, Pascal Caron, de construire un hôpital à Phnom Penh. Je crois qu'il en était très fier et n'en parlait jamais.

Claude a parcouru, on l'a vu aussi, la planète entière. Ses reportages d'une extrême rigueur vont nous manquer. Et c'est ce mot « rigueur » qui caractérisait le mieux Claude. Dans ce métier où tout se brouille un petit peu, Claude savait poser des questions et surtout, surtout, écouter les réponses.

Dominique, Mathilda, Esteban, Claude va nous manquer terriblement.

Professeur Alain Deloche,
chirurgien cardiaque,
fondateur de La Chaîne de l'espoir

Je serai bref mais en tant que French doctor (médecin humanitaire) : Claude a été à nos côtés pendant des années. Nous avons toujours salué ses reportages, son exactitude, je dirais même chirurgicale et, d'une façon générale, il valait mieux l'écouter. Il nous montrait le chemin. Alors c'est vrai que nous avons parcouru la planète, le Kosovo, l'Afghanistan, Haïti, le Cambodge et là, comme vient de le souligner Paul, je tiens à vous dire, les enfants, que votre papa a bâti l'hôpital du cœur. Son reportage très impressionnant se terminait sur : « Il faut sauver le petit empereur ! » « Le petit empereur », c'était le premier malade opéré à cœur ouvert de l'histoire du Cambodge. Et donc, grâce à ce reportage, l'argent est venu, le miracle. Et maintenant, sachez que chaque jour, des enfants sont sauvés grâce à Claude.

Claude le sait, nous le savons, nous, médecins rompus à la souffrance, ce qu'est ce chemin. Je l'ai suivi, mais un moment, la maladie est trop forte. Même nous, médecins, nous devons nous incliner, mais gardons l'espoir. Un message d'espoir pour vous, les enfants.

Samah Soula, amie de Claude, journaliste grand reporter à France 2

Salut, Claude. Immanquablement, il répondait tous les jours : « Coucou princesse ! » Bon, je n'avais pas l'exclusivité du titre à la rédaction, mais c'est pas grave. J'aimais bien le salut matinal.

Claude, ç'a d'abord été mon voisin de bureau. Il était bougon, il était ronchon, il était pénible parfois. Il était souvent taquin et joyeux aussi. Il mâchouillait des Nicorette à longueur de journée et disait au moins une fois par jour de sa voix profonde : « T'as vu ça ? C'est incroyable ! » Il pouvait s'agir d'une image, d'un témoignage. Bon, en général c'était un truc qui faisait chialer parce que Claude, il était comme ça. Il aimait bien les histoires fortes, faites de drames, de héros et il s'autorisait à chialer quand il était touché. Même dans une salle de montage à des milliers de kilomètres de l'événement, parce que ces hommes et ces femmes dont il racontait l'histoire, il se sentait proche d'eux. Il se mettait à leur place. En fait, il les aimait et surtout, il les respectait profondément, tout simplement. L'hommage du président de la République et de tous ses confrères présents ici, il en serait fier, mais quand même avec un petit sourire en coin et ce petit geste (de la main) : ils sont fous, à l'Élysée. Ça sort d'où ? Mais l'hommage que lui ont rendu les anonymes, c'est ça, ce qui lui ferait le plus plaisir, à Claude. Bon, quand il récupérait les sujets d'ouverture du journal, il plongeait dans ses notes et il ne fallait pas l'embêter. Il ne fallait pas lui adresser la parole. Il me disait : « Non, là, écoute, je fais l'ouverture, Loulou ! » Là, ce n'était plus l'heure des princesses. Malgré tout ce qu'il avait fait dans sa carrière, il restait anxieux, inquiet de ne pas donner le meilleur. Il mettait du cœur à faire ses sujets, tous ses sujets, du « Cabinistan », comme on dit dans notre jargon, c'est-à-dire quand on ne bouge pas de la télé, au bout du monde. L'émotion en bandoulière, la compassion toujours et l'élégance aussi. Claude m'a beaucoup vue partir en reportage à une époque où lui partait beaucoup moins. Ce n'était pas facile pour lui, mais quand je rentrais, il avait toujours un mot gentil pour me parler de mes reportages qu'il avait regardés. Il me demandait comment ça s'était passé. C'était drôlement chic de sa part. Quand Claude est tombé malade il y a deux ans et demi, on s'est souvent vus, des moments que je garde précieusement en mémoire. Nos discussions portaient sur l'essentiel de nos vies. Dominique, Esteban, Mathilda, il vous aimait tellement et il était tellement fier de vous. Elles étaient belles, nos discussions, et tellement sympas. Le temps ne triche pas. Mon voisin de bureau était devenu mon ami. Tout le monde souligne aujourd'hui que Claude avait le sens de la chute et je confirme, jusqu'au bout. Quand il a senti qu'il allait nous quitter, Claude m'a fait appeler par Dominique qui l'a si bien accompagné. Il ne pouvait pas me parler, mais il m'entendait. J'étais bouleversée de ce moment, mais je l'en remercie, car il m'a donné la chance de lui dire adieu et de le remercier pour ce lien que nous avons tissé hors du temps. C'était un privilège de lui dire au revoir. L'élégance encore de Claude.

Je vais finir avec des mots de Claude, un message qu'il m'a envoyé il y a près d'un mois : « À Londres, à quatre, c'est bon. Do et les enfants font du shopping. Je suis dans un pub à côté. Je regarde Manchester-Liverpool. Elle est pas belle, la vie ? »

Michèle Fines, amie de Claude,
journaliste grand reporter

Je crois profondément qu'on ne mesure la grandeur d'un journaliste qu'à l'ampleur des réactions que suscite sa disparition. Claude était un très bon journaliste, on le savait tous. Ce que l'on n'avait pas compris, ce que nous ont appris les mots écrits par les anonymes, les réactions unanimes des confrères et surtout ce texte magnifique que lui a dédié l'Élysée, c'est que Claude était l'un des plus grands journalistes de notre génération.

Alors, s'il existe un accès au paradis pour les gens de notre profession, qu'il ait l'une des plus belles places, car il a beaucoup souffert. Et surtout, veillons sur ceux qui restent.

Ceux qui face à la maladie qui détruit tout, face à la mort, sont restés impressionnants de courage, de force et de dignité : Dominique, Mathilda et Esteban.

Martine Laroche-Joubert, amie de Claude, journaliste grand reporter

Aujourd'hui… 14 h 30… « Ah non ! » dirait Claude, consterné, « ne commence jamais comme ça ! N'importe quel sujet peut s'ouvrir de cette façon ! Il faut chaque fois trouver une accroche unique. » C'est le meilleur conseil que j'aie reçu dans ma carrière ! Claude avait un « sale caractère » mais nous l'aimions, un « sale caractère » car il exigeait beaucoup de lui, et des autres, il cherchait toujours le mot juste, l'émotion mais pas la sensiblerie, les faits mais pas les conclusions hâtives… Un sacré journaliste selon ses confrères, les téléspectateurs, les anonymes, et même le président, vous l'avez entendu ! Claude trouverait ça un peu exagéré. Il serait content bien sûr, mais il nous dirait : « J'aurais bien aimé entendre ça de mon vivant ! » Parce qu'il a mal vécu ces dernières années professionnelles, il se sentait mis à l'écart, écarté des grandes news. Je me souviens qu'il n'avait pas été choisi pour couvrir les dernières élections américaines. De mon bureau, juste à côté du sien, je voyais qu'il en avait les larmes aux yeux… Il avait été rattrapé de justesse, mais envoyé dans le camp du perdant : Trump. De retour dans la rédaction, je l'entends encore raconter tout joyeux cette histoire à de jeunes journalistes admiratifs… Claude avait l'envie, le talent, mais sa hiérarchie semblait l'avoir oublié, pourquoi ? Ça vaut la peine d'y réfléchir... Parce que lui, au rendez-vous de l'humanité, de la fidélité, il répondait toujours présent. En juillet dernier, quand l'ancien monteur de France 2 Bernard est mort, Claude a conduit des centaines de kilomètres, aller-retour, pour venir soutenir Françoise, sa compagne, malgré la maladie qui progressait, sa fatigue... Il continuait à voir ses amis, et nos déjeuners ces deux dernières années m'ont beaucoup apporté, Claude m'a rendue plus ouverte aux autres. À ce stade il me dirait : « Soigne ta chute. » Dans le doute je choisis une des siennes, pour un 20 heures :

« Ce soir, quelque part dans le ciel ou ailleurs, il y en a quelques-uns de *Charlie Hebdo* qui doivent être un peu étonnés, quelque part en Martinique ou dans un commissariat du XIe d'où venaient les policiers tués, on doit être sacrément ému, quelque part dans tous les magasins juifs de France, quelque part dans les unités d'élite de la police et de la gendarmerie, il y en a quelques-uns qui doivent être sacrément fiers, heureux de voir une France debout, unie contre le terrorisme, nous sommes le 11 janvier 2015. »

Aujourd'hui, quelque part au-delà des nuages, un reporter nous regarde peut-être, avec un grand sourire pour ses amis, des milliers de baisers pour ses enfants chéris, Mathilda et Esteban, et un regard plein d'amour pour sa femme Dominique, Do. C'est elle qui a si bien accompagné Claude pour sa dernière mission : elle lui tenait la main quand il nous a quittés !

Références

Voici quelques références de livres qui m'ont accompagnée pendant l'écriture de ce récit, quelques notes de musique et titres de films qui ont adouci mes jours et bercé mes nuits. Je les partage avec vous.

Livres

Marie de HENNEZEL, *La Mort intime. Ceux qui vont mourir nous apprennent à vivre*, Robert Laffont, 2001 ; Pocket, 2006.

Joan DIDION, *L'Année de la pensée magique*, Grasset, 2007 ; Le Livre de poche, 2011.

Marguerite YOURCENAR, « Vous ne saurez jamais », *Les Charités d'Alcippe*, Gallimard, 1984.

Films

Harrison's Flowers, Élie Chouraqui, avec Andy MacDowell et Elias Koteas, France, 2000.

Un homme et une femme, Claude Lelouch, avec Anouk Aimée et Jean-Louis Trintignant, France, 1966.

Chansons

Grand Corps malade en duo avec Charles Aznavour, « Écrire », album *Il nous restera ça*, Believe Recordings, 2015.

Coldplay, « Daddy », album *Everyday Life*, Warner, 2019.

Alain Bashung, « Immortels », album *En amont*, Barclay, 2018.

Stephan Eicher, « La Fête est finie », album *Homeless Songs*, Polydor, 2019.

Stephan Eicher, « Si tu veux (que je chante) », album *Homeless Songs*, Polydor, 2019.

Pierre Barouh, « À l'ombre de nous », extrait de la bande originale du film *Un homme et une femme*, Disc AZ, 1966.

Janie, « Les mêmes chansons », album *Petite blonde*, Marso, 2020.

Johnny Hallyday, « Je te promets », album *Gang*, Philips, 1986.

Amy Winehouse, « Rehab », album *Back to Black*, Universal, 2007.

Jacques Brel, « La Chanson des vieux amants », album *Brel 1967*, Barclay, 1967.

Michel Legrand, « Les Moulins de mon cœur », extrait de la bande originale du film *L'Affaire Thomas Crown*, United Artists Records, 1968.

Louis Chedid, album *On ne dit jamais assez aux gens qu'on aime qu'on les aime*, Universal Music Division Barclay, 2015.

Table

Annexes

Cet ouvrage a été mis en page par IGS-CP
à L'Isle-d'Espagnac (16)

Imprimé en France par CPI
en octobre 2021

Dépôt légal : novembre 2021
N° d'édition : L.01EBNN000747.N001
N° d'impression : 165329